中國語言文字研究輯刊

八　編

許　錟　輝　主編

第4冊

金文四要素銘文考釋與研究（下）

葉　正　渤　著

花木蘭文化出版社

國家圖書館出版品預行編目資料

金文四要素銘文考釋與研究（下）／葉正渤 著 -- 初版 -- 新
北市：花木蘭文化出版社，2015〔民 104〕

目 2+166 面；21×29.7 公分

（中國語言文字研究輯刊 八編：第 4 冊）

ISBN 978-986-322-975-9（精裝）

1. 金文 2. 西周

802.08   103026712

ISBN-978-986-322-975-9

9 789863 229759

中國語言文字研究輯刊

八 編   第 四 冊   ISBN：978-986-322-975-9

金文四要素銘文考釋與研究（下）

作　者	葉正渤
主　編	許錟輝
總 編 輯	杜潔祥
副總編輯	楊嘉樂
編　輯	許郁翎
出　版	花木蘭文化出版社
社　長	高小娟
聯絡地址	235 新北市中和區中安街七二號十三樓
	電話：02-2923-1455／傳真：02-2923-1452
網　址	http://www.huamulan.tw 信箱 hml 810518@gmail.com
印　刷	普羅文化出版廣告事業
初　版	2015 年 3 月
定　價	八編 17 冊（精裝） 台幣 42,000 元

金文四要素銘文考釋與研究（下）

葉正渤　著

目
次

第三章　西周四要素紀年銘文考釋（下）

第八節　夷王時期

逆鐘銘文

　　逆鐘，1975 年陝西省永壽縣西南店頭公社好畤河出土，共四件，銘文都在鉦間，連讀成篇。高枚長甬，上有方形旋。篆間和舞上飾雲紋，甬上飾環帶紋，鼓部飾團雲紋，干上飾目雲紋。銘文字數，鉦間鑄銘文 86 字。[1]

銘文

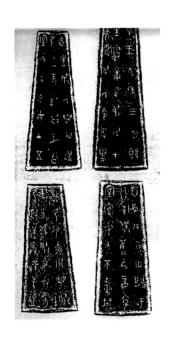

參考釋文

隹（惟）王元年三月既生霸庚申，弔（叔）氏在大廟。①弔（叔）氏令史盟召逆。②叔氏若曰：「逆，乃且（祖）考訊政於公室，今余易（錫）女（汝）✛（干）五、錫戈彤㡐（綏），用覹（攝）於公室僕庸、臣妾、小子室家。③母（毋）又（有）不聞（聞）知，敬乃夙夜用𡃀（屏）朕身，勿灋（廢）朕命，女（汝）豙（遂）乃政。」④逆敢拜手𩒨（頴）（稽首）。⑤

考釋

① 惟王元年三月既生霸庚申，既生霸是初九，干支是庚申（57），則某王元年三月是壬子（49）朔。弔，金文裏讀作叔。叔氏，可能是某周王的叔父輩。大廟，宗廟、祖廟。

② 史，西周職官名；盟，從𦥑，象雙手匊物形，從干從皿，字書所無。銘文是人名，擔任史之職。召，招呼、召喚。逆，作器者人名。

③ 若曰，這樣說。訊，從言，右側不清晰，暫隸作訊，或是聽字之殘。訊政，猶若聽政，治事也。公室，王公貴族的家室。《禮記・檀弓下》：「夫魯有初，公室親豐碑。」《論語・季氏》：「孔子曰：『祿之去公室五世矣，政逮於大夫四世矣。』」✛，干字的初文，盾牌。《山海經・海外西經》「刑天與帝爭神……操干戚以舞」，干，盾牌；戚，斧頭。彤㡐（綏），彤，紅色；㡐，讀作綏，《說文》：「繫冠纓也。」所以，彤㡐（綏）就是紅色的冠帶。用覹（攝），猶言攝司，職掌、分管。詳見厲王時期逨盤銘文「攝司」。

④ 𡃀，從二由在丂上，郭沫若讀作屏，屏蔽、捍衛。朕身，王身，可見逆是內務官，可能負責王的保衛工作。灋，古法字，銘文讀作廢，銘文中多見此種用法。豙，讀作遂，成也，就也。乃政，你所職掌的政事。

⑤ 𩒨〔頴〕，𩒨字從頁旨聲，下似從止或山，與其他銘文中的寫法略異，後邊又漏一首字，根據銘文的辭例當是「稽首」二字。[2]

王世與曆朔

銘文「惟王元年三月既生霸庚申」，既生霸是初九，干支是庚申（57），則某王元年三月是壬子（49）朔。筆者近據若干紀年銅器銘文曆日記載推得夷王元年是前893年，該年三月張表是癸丑（50）朔，董譜同，銘文壬子（49）朔比曆表、曆譜遲一日合曆。逆鐘銘文所記曆日符合夷王元年三月的曆朔。

另外，結合學者們根據其他要素推算所得，尚有諫簋、牧簋、大簋、太師虘簋、無其簋、休盤等幾件器物也屬於夷王時器。例如，

諫簋：「唯五年三月初吉庚寅」，初吉是初一朔，則五年三月是庚寅（27）朔。根據夷王元年是前 893 年的推算，則夷王五年是前 889 年，該年三月張表是庚申（57）朔，董譜同，錯月是庚寅（27）朔，完全合曆。

參考文獻

〔1〕曹發展、陳國英：《咸陽地區出土西周青銅器》，《考古與文物》1981 年第 1 期。又見馬承源主編：《商周青銅器銘文選》第 198 頁，文物出版社，1988 年。

〔2〕葉正渤：《金文標準器銘文綜合研究》第 185～188 頁，線裝書局 2010 年。

諫簋銘文

諫簋圓形，斂口，鼓腹，圈足下有三小足，腹部兩側獸耳下垂小珥。隆蓋，頂有圓形捉手。蓋頂和器腹飾瓦紋，頸部與蓋沿飾竊曲紋，圈足飾三角雲紋。蓋器對銘，器銘文 9 行 102 字，蓋銘 10 行 101 字。光緒年間陝西興平縣出土。

銘文

參考釋文

隹（唯）五年三月初吉庚寅，王在周師錄宮。①旦，王格大室，即立（位）。②嗣（司）馬共右（佑）諫入門，立中廷。③王乎（呼）內史光冊命諫曰：「先王既命汝鄾（攝）嗣（司）王宥，女（汝）某（敏）不又（有）聞，母（毋）敢不善。④今余隹（唯）或嗣（司）命女（汝），易（賜）女（汝）勒。」⑤諫拜稽首，敢對揚天子不（丕）顯休，用作朕文考惠伯奠毁（簋），諫其萬年子=孫=永寶用。⑥

考釋

① 唯五年三月初吉庚寅，初吉，是初一朔，則某王五年三月是庚寅（27）朔。周師錄宮，位於周的宮室名，也見於四年瘐盨、師晨鼎、師舲簋等器銘文。周，銘文單言周，指位於雒邑西北二十里地的王城，成周則在雒邑東北二十里地，兩者相距十八里。

② 即立，即位。蓋銘作毁立，毁當是即字的誤寫。

③ 司馬共，人名，又見於四年瘐盨、師晨鼎、師舲簋等器銘文。右，讀作佑，儐佑，導引者。諫，人名，爲邢侯之臣，也見於 1973 年 3 月出土於河北省中南部的元氏縣西張村西周墓葬內的臣諫簋。臣諫簋器內底鑄銘文 72 字，銹蝕較嚴重，多數漫漶不清。銘文曰「唯戎大出於軝，井□□〔邢侯搏〕戎，□〔誕〕令臣諫□□亞旅處於軝，□王□□，諫曰：□〔拜〕手□〔稽〕首，臣諫□亡，母弟引□又□〔庸有忘〕」。[1]

④ 內史光，內史，職官名，又稱作冊內史，常奉王命冊命臣下。光，或隸作敖，近是。或隸作微、年，或隸作先，非是，寫法與先字不同，人名，擔任內史之職。先王，已故之王。既命，已有的任命，蓋銘誤作即命，形近而誤。鄾（攝）嗣（司），西周金文常見，義爲掌管、負責。王宥，王的過失、過錯。《說文》：「宥，寬也。」段注：「宥爲寬，故貰罪曰宥。」貰（shì）罪，寬恕罪過。某，陳夢家說「假作謀或敏」，並引《說文》《禮記》爲證。本句應讀作敏，敏捷。不又（有）聞，聞也。《說文》：「知聞也。」汝敏不有聞，意指你辦事敏捷，凡聽到王之過失無不隨時上聞。《周禮 地官 保氏》：「保氏掌諫王惡，而養國子以道，乃教之六藝。」本句陳夢家釋宥假借爲囿，王宥，指王的苑囿，王狩獵之處。根據上下文意來看，恐非是。「王宥」若指王苑，則下句「汝某（敏）不有聞，毋敢不善」，就無所著落，不好理解。陳夢家又釋聞爲昏，不有聞即不昏，更是不好理解。[2]

⑤ 或，又也。嗣（司）命，任命。或司命，又重新任命。易，讀作錫，賜也。勒，
攸勒，馬籠頭，銘文漏「攸」字。從本器銘文來看，誤字、漏字在青銅器銘文
中也是常見的現象。所以，像大鼎銘文（既×霸），伯父盨銘文（既死〔霸〕），
月相詞語漏寫一字，晉侯蘇編鐘、四十二年逨鼎等銘文裏的干支誤記就是很正
常的現象，古人今人都一樣。

⑥ 休，美好的賞賜。用，由也。文考，亡父；惠伯，亡父之名。奠，祭也。叚，
簋字的初文，叚本爲食器，銘文常用作禮器（祭器）之名。

王世與曆朔

吳其昌曰：「懿王五年（前 930 年）三月小，丙戌朔；初吉五日得庚寅。
與曆譜合。餘王盡不可通。」[3] 陳夢家也定此器爲懿王五年，但具體年代與
吳其昌不同。下面我們驗證一下吳其昌之說，看結果如何。

銘文「唯五年三月初吉庚寅」，初吉，指初一朔，則某王五年三月是庚寅（27）
朔。前 930 年三月張表是己丑（26）朔，比銘文三月庚寅（27）朔遲一日合曆。
董譜是戊子（25）朔，比銘文庚寅（27）朔含當日遲三日（實際遲二日）合曆。
吳其昌之說與諫簋銘文曆日近是，據此推得懿王元年有可能是前 934 年。

但是，目前學術界根據古本《竹書紀年》「懿王元年天再旦於鄭」的記載，
運用現代天文學知識推算懿王元年是前 899 年 4 月 21 日，則懿王五年便是前
895 年。[4] 前 895 年三月張表是丙申（33）朔，與銘文三月庚寅（27）朔含
當日相差七日，顯然不合曆。五年三月董譜是乙未（32）朔，與銘文庚寅（27）
朔含當日相差六日，亦不合曆。這說明諫簋銘文所記曆日不屬於懿王五年三
月，或懿王五年根本就不是前 895 年，也即懿王元年不是前 899 年，或者兩
種情況都不是。

師晨鼎、師艅簋銘文所記曆日三年三月甲戌（11）朔，與所說的懿王三年
三月（前 897 年）張表的丁丑（14）朔相距三日，亦不合。董譜是丙子（13）
朔，近是。

學界一般認爲四年𤼈盨、師晨鼎、師艅簋、諫簋等器銘文裏都有右者司馬
共，都有周師彔宮，於是認爲這幾件器物的王世當相同或相近。茲將幾件器物
銘文所記曆日排列如下：

師晨鼎：唯三年三月初吉甲戌，王在周師彔宮……司馬共右師晨……王呼

作冊尹冊命師晨……。

師艅簋：唯三年三月初吉甲戌，王在周師錄宮……司馬共右師艅入門……王呼作冊內史冊令師艅……。初吉是初一朔，則某王三年三月是甲戌（11）朔。師晨鼎與師艅簋曆日相同。

四年癲盨：唯四年二月既生霸戊戌（35），王在周師泉宮……，司馬共右癲，王乎史年冊……。既生霸是初九，則某王四年二月是庚寅（27）朔。

諫簋：唯五年三月初吉庚寅，王在周師錄宮……司馬共右諫入門……王呼內史光冊命諫曰……。初吉是初一朔，則某王五年三月是庚寅（27）朔。

師晨鼎：三年三月甲戌（11）朔，

師艅簋：三年三月甲戌（11）朔，

四年癲盨：四年二月庚寅（27）朔，

諫簋：五年三月庚寅（27）朔。

如果以上四件銅器的確屬於同一王世，那麼它們的曆朔就應該相連續。但是，我們按照正常的大小月相間排比干支表，發現從三年三月到五年三月所逢的干支，除了四年癲盨而外，三年三月與五年三月基本上是銜接的，符合厲王時期的曆朔。試排比如下：

王年	正月	二月	三月	四月	五月	六月	七月	八月	九月	十月	十一月	十二月	十三月
三年			甲戌	甲辰	癸酉	癸卯	壬申	壬寅	辛未	辛丑	庚午	庚子	
四年	己巳	己亥	戊辰	戊戌	丁卯	丁酉	丙寅	丙申	乙丑	乙未	甲子	甲午	癸亥
五年	癸巳	壬戌	壬辰										

排比干支表到五年三月，中間置一閏是壬辰（29）朔。上文已經證實師晨鼎銘文所記曆日符合厲王三年三月的曆朔，那麼諫簋銘文所記曆日就應該是厲王五年三月的曆朔。厲王五年（前 874 年）三月張表是癸巳（30）朔，董譜同，與排比干支表所得的五年三月壬辰（29）朔相差一日，相合，但是與諫簋銘文「唯五年三月初吉庚寅」（27）朔含當日相差四日。這說明，諫簋銘文所記曆日可能不是厲王五年三月的曆朔。從排比干支表也可以看出，四年二月是己亥（36）朔，而據四年癲盨銘文推算四年二月應該是庚寅（27）朔，己亥（36）與庚寅（27）含當日相距十日，顯然不合曆，說明四年癲盨銘文所記曆日與其他三件器在時間上是不相銜接的。也就是說，四年癲盨與其他三件器不屬於同一王世。因而說者或以為四年癲盨屬於穆王世，師晨鼎、

師艅簋和諫簋三件或屬於孝王世，或屬於厲王世。史官司馬共應當是同名而不同王世的兩個人，史光（敖）和史年也未必是同一人。但是，由於孝王元年的具體年代不確定，所以也無法驗證。即以目前權威的說法定孝王元年爲前 891 年爲例，以上三件器所記曆日與張表、董譜相應年份月份的朔日干支一點也不合曆（驗證過程略）。

根據上文的分析論證，師晨鼎、師艅簋銘文所記曆日符合厲王三年三月的曆朔，四年瘨盨銘文所記曆日不屬於厲王王世，同樣，諫簋銘文所記五年三月庚寅（27）朔也不是厲王五年的曆朔。筆者從厲王元年前 878 年向前查檢張表，符合三月庚寅（27）朔或近似的年份有：

前 884 年，三月張表是辛卯（28）朔，董譜同，與諫簋銘文所記三月庚寅（27）朔相距一日，基本相合，則夷王元年是前 888 年。

前 889 年，三月張表是庚申（57）朔，董譜同，與諫簋銘文庚寅（27）朔錯月合曆，則夷王元年是前 893 年。筆者認爲前 893 年爲夷王元年，夷王在位十五年。

前 894 年，三月張表是己未（56）朔，董譜同，錯月是己丑（26）朔，比銘文庚寅（27）朔遲一日合曆，則夷王元年是前 898 年。

前 920 年，三月張表是庚寅（27）朔，董譜同，與諫簋銘文所記庚寅（27）朔完全相合，則夷王元年是前 924 年。

董作賓據此認爲諫簋銘文所記曆日符合夷王五年三月的曆朔，曰：「今按此器月日，絕不容於『厲王組』，且足爲『夷王組』唯一的證據，亦正因是時共爲司馬。以『金文組』分列，司馬共當在兩組，其一爲厲王，其一必爲夷王。」[5] 若據董作賓之說，夷王元年是前 924 年，夷王在位四十六年。這個數據似乎太長，因爲夷王身體不好，在位不可能有這麼長久。《左傳·昭公二十六年》：「至於夷王，王愆於厥身，諸侯莫不並走其望以祈王身。」《竹書紀年》：「夷王衰弱，荒服不朝，乃命虢公率六師，伐太原之戎，至於俞泉，獲馬千匹。」又：「夷王七年，冬，雨雹，大如礪。」今本《竹書紀年》記夷王事跡只有七年，或因夷王身體欠佳之故。而右者司馬共可能是同名同職官（佑者是臨時性職務），不是同一個人；內史光和史年也不是同一個人。周師錄宮，據銘文看來沿用較久，從穆王世一直到厲王世。

筆者以爲諫簋銘文所記曆日符合前 889 年三月的曆朔。夷王元年爲前 893

年，夷王在位十五年。

參考文獻

〔1〕唐雲明：《河北元氏縣西張村的西周遺址和墓葬》，《考古》1979 年第 1 期。

〔2〕陳夢家：《西周銅器斷代》第 190 頁，中華書局 2004 年版。

〔3〕吳其昌：《金文曆朔疏證》，《燕京學報》第六期，1929 年第 1047～1128 頁。

〔4〕夏商周斷代工程專家組：《夏商周斷代工程 1996～2000 年階段成果概要》，《文物》2000 年第 12 期。

〔5〕董作賓：《西周年曆譜》第 303 頁，《董作賓先生全集甲編》第一冊，臺北藝文印書館 1978 年。

牧簋銘文

相傳得於扶風。侈口束頸，鼓腹，獸首雙耳，下有垂珥，圈足下連鑄方座。口下飾竊曲紋，腹和方座均飾環帶紋，圈足飾大小相間的重環紋。

銘文

參考釋文

佳（唯）王七年十又三月既生霸甲寅，王才（在）周，才（在）師汙父宮，各（格）大（太）室，即立（位）。①公族（紹）入右（佑）牧，立中廷（庭）。②王乎（呼）內史吳冊令（命）牧，王若曰：「牧，昔先王既令（命）女（汝）乍（作）嗣（司）土（徒）。③今余佳（唯）或〔改〕改，令（命）女（汝）辟百僚（僚），有冋事以迺多乿（亂），不用先王乍（作）井（型），亦多虐庶民。厥（厥）

訊庶右粦（鄰），不井（型）不中，凶侯之籍，以今許司匐（服）
垕（厥）辠召故（辜）。」④王曰：「牧，女（汝）母（毋）敢〔弗
帥〕先王乍（作）明井（型）用，雱乃訊庶右粦（鄰），母（毋）
敢不明不中不井（型），乃甶（干）政事，母（毋）敢不尹人不中
不井（型）。⑤今余隹（唯）䌛臺（申就）乃命，易（錫）女（汝）
秬鬯一卣、金車、賁較、畫轉、朱虢（鞹）、弘斬、白旂、虎冟（冪）、
熏（纁）裏、旂、余馬三（四）匹，取□□㝬（鋝）。苟（敬）夙
夕勿灋（廢）朕令（命）。」⑥牧拜稽首，敢對揚王不（丕）顯休，
用乍（作）朕皇文考益白（伯）寶奠簋。⑦牧其萬年壽考，子₌孫₌
永寶用。

考釋

① 唯王七年十又三月既生霸甲寅，既生霸是初九，干支是甲寅（51），則某王七
　年十三月是丙午（43）朔。師汓父宮，宮室名。大室，周代明堂或宗廟中央最
　大的一間廳室，是周王冊命或賞賜臣下以及處理朝政或舉行祭祀的地方。即位，
　就位。

② 公族，西周始置，為朝廷大臣，掌君王貴族內部事務。一般是君王或諸侯的
　同族。《詩・魏風・汾沮洳》：「殊異乎公族。」毛傳：「公族，公屬。」鄭玄
　箋：「公族，主君同姓昭穆也。」「公族」也見於番生簋和毛公鼎銘文。紹，
　人名，但是「公」字以下二字筆畫不太完整，暫釋作「（公）族紹」二字。右，
　讀作佑，導引。牧，人名，據銘文來看，曾擔任司徒之職。

③ 內史吳，內史，職官名。吳，人名，擔任內史之職。內史吳也見於《師虎簋》：
　「隹元年六月既望甲戌，王才杜居，格於大室，井白入右師虎，即立中廷，
　北向，王呼內史吳曰：『冊命虎。』」可見本器與師虎簋的製作時代相距當不
　會太遠，抑或屬於同一王世。筆者根據師虎簋及虎簋蓋銘文的內容與曆日記
　載認為是穆王時期的器物，穆王元年是前1003年，穆王在位五十五年，傳世
　文獻的記載是可信的。

④ 或，又也。䀠，從宀從殴，字書所無，或是摹寫致誤。䀠改，當用作動詞，
　有改動成命，重新任命的意思。辟，治也；辟百僚，意即管理百僚，或即百
　僚之長。有冋事以迺多亂（亂），有下一字筆畫恐不全，暫隸作冋。多下一字，
　當是亂字的初文，讀作亂。這一句意思不太明瞭。井，讀作型，表率、楷模。
　虐，《說文》：「殘也」，殘害。訊，問也。庶，眾也，多也。右粦，當讀作有

鄰，親密者。不井（型）不中，可能指做事不向好的學習，辦事不公平公正。凶侯之籍，侯上一字或讀作凶，凶侯，當是人名；或讀作西，西侯，也是人名。之下一字筆畫不清晰，暫隸作籍，本句銘文意思亦不好懂。今下一字筆畫亦不清晰，暫隸作許。厥辠召故，本句銘文意思亦不好懂，恐銘文摹寫有誤。

⑤ 井，讀作型；明型，好的表率。本句當是說以先王作表率。母，讀作毋，毋敢，不敢。丑政事，恐描摹有誤，抑或是「干政事」三字。干，犯也。

⑥ 申就，銘文裏常用，猶言重申，重申對你原有的任命。以下是王所賜之物，有酒、馬車、車飾、旗幟、蔽飾、馬匹、銅餅等物。苟，讀作敬。夙夕，早早晚晚。濿，法之本字，銘文讀作廢。又如大盂鼎銘文：「王曰：『盂，若敬乃正，勿濿（廢）朕令』。」用法相同。

⑦ 朕皇文考益伯，朕，我；皇，大；文，美謚之稱；考，亡父曰考。益伯，牧的亡父名。未知是否就是他銘中之益公。如盠方彝銘文：「盠拜稽首，敢對揚王休，用作朕文祖益公寶奠彝。」或說此益公約供職於成康時期，時代較早。九年乖伯簋銘文：「唯九年九月甲寅，王命益公征眉敖。益公至，告。」十二年永盂銘文：「唯十又二年初吉丁卯，益公內，即天子命。」益公鐘銘文：「益公為楚氏和鐘。」或說此益公供職於共懿時期。十七祀詢簋銘文：「唯十又七祀，王在射日宮。旦，王格，益公入右詢」。或說此益公供職於懿王時期，與共王時期之益公當為同一個人。二年王臣簋銘文：「唯二年三月初吉庚寅，王格大室，益公人右王臣，即立中廷，北向，呼內史年冊命王臣。」或說此益公供職於孝王時期。[1] 據此來看，益公或不止一個人，當是同名。

王世與曆朔

吳其昌曰：「孝王七年（前 903 年）十二月小，乙亥朔；閏十二月大，甲辰朔；既生霸十一日得甲寅。與譜密合。」[2] 銘文：「唯王七年十又三月既生霸甲寅」，既生霸是初九，干支是甲寅（51），則某王七年十又三月是丙午（43）朔。前 903 年十三月張表正是丙午（43）朔。董譜該年無閏月，次年（前 902 年）二月是丙午（43）朔。按照吳其昌之說，則孝王元年應該是前 909 年。

說者或以為牧簋屬於共王時器。郭沫若曰：「此銘僅見宋人著錄，傳世已久，摹刻失真，字有未能識者。然有內史吳，可知其必為共王時器。共王時周王室承平已久，觀此銘足見其百官懈怠，庶政廢弛，而共王諄諄以明刑為命，則此王殆亦周室之賢主也。」[3] 但是，共王在位的年數史無明確記載，

學者們又說法不一，因此不好進行驗證。目前通行的說法以前 922 年為共王元年，則共王七年是前 916 年，該年十三月張表是癸巳（30）朔，癸巳與銘文丙午（43）朔含當日相差十四日，顯然不合曆。董譜該年無閏月，前一年有閏，閏月是戊戌（35）朔，可見銘文十又三月丙午（43）朔與董譜亦不合曆。

本文近據伯呂盨、五祀衛鼎、七年趞曹鼎、八祀師𣄴鼎、九年衛鼎和十五年趞曹鼎等銅器銘文的曆日推得共王元年是前 948 年，則共王七年便是前 942 年，將牧簋銘文的曆日與張表和董譜進行比勘，皆不合曆，說明牧簋銘文所記曆日不符合共王七年十三月的曆朔。

本文又將牧簋銘文所記曆日與穆王七年的曆朔與張表和董譜進行比勘，也皆不合曆，說明牧簋銘文所記曆日也不符合穆王七年的曆朔。

本文近推夷王元年是前 893 年，則夷王七年是前 887 年。該年十二月張表是甲辰（41）朔，董譜同，銘文丙子（43）朔比甲辰（41）早二日合曆。董譜該年閏十三月是甲戌（11）朔，錯月也是甲辰朔，銘文早二日合曆，則牧簋銘文所記曆日符合夷王七年十三月的曆朔。

比勘張表和董譜，牧簋銘文所記曆日也符合厲王七年十二月，或八年正月的曆朔。厲王元年是前 878 年，厲王七年則是前 872 年，該年十二月張表是丁丑（14）朔，董譜同，八年正月是丁未（44）朔，銘文丙午（43）朔比丁未遲一日合曆，則牧簋銘文所記抑或厲王七年十三月（八年正月）之曆日？本文以為當以夷王七年十三月為是。

參考文獻

〔1〕楊亞長：《金文所見之益公、穆公與武公考》，摘錄於 CSSCI 學術論文網：http://www.csscipaper.com 和免費論文下載中心：http://www.downpaper.com 。

〔2〕吳其昌：《金文曆朔疏證》，《燕京學報》第六期，1929 年 1047～1128 頁。

〔3〕郭沫若：《兩周金文辭大系圖錄考釋》第 169 頁，《郭沫若全集・考古編》卷八，科學出版社 2002 年。

太師虘簋銘文

相傳 1941 年陝西扶風縣出土。共四件。簋體矮，鼓腹，圈足，頸兩側有風格獨特的獸頭鋬。有蓋，蓋頂捉手作喇叭形。蓋面與器腹均飾豎直紋，頸部

及圈足上各飾粗弦紋一道。蓋內和器底鑄銘文 7 行 70 字，器蓋同銘。[1]

銘文

參考釋文

　　正月既望甲午，王在周師量宮。①旦，王格大室，即位。王乎（呼）師晨召太師盧入門，立中廷。②王乎（呼）宰智易（錫）太師盧虎裘。③盧拜稽首，敢對揚天子丕顯休，用作寶簋，盧其萬年永寶用。④唯十又二年。

考釋

① 正月既望甲午，既望是十四日，干支是甲午（31），則某王十二年正月是辛巳（18）朔。周，位於雒邑西北約二十里的王城。師量宮，宮室名。

② 師晨，人名，也見於師晨鼎銘文。召，招呼，導引。太師盧，太師，西周職官名，爲輔弼國君之臣，歷代相因，以太師、太傅、太保爲三公，太師爲三公之首。盧，《說文》：「虎不柔不信也。從虍且聲。讀若鄘縣。昨何切。」今讀作 zuó。銘文是人名，擔任太師之職。虎裘，虎皮製成的裘衣。

③ 智，《說文》：「出氣詞也。從日，象氣出形。《春秋傳》曰：『鄭太子智。』呼骨切。」或隸作旨。宰智，宰是職官名，智是人名。智之名也見於智鼎、智簋、智壺銘文，單稱智，其時代或較早。宰智之名又見於蔡簋銘文，或是同時同人。

④ 其，表示推測語氣。

王世與曆朔

　　郭沫若將本器置於厲王世，陳夢家則置於懿王世，還有置於夷王世的，眾說不一。現驗證如下。

　　銘文「正月既望甲午」，既望是十四日，干支是甲午（31），則某王十二年正月是辛巳（18）朔。

　　目前通行的說法定懿王元年爲前899年，懿王在位八年，容不下本器的紀年。董作賓以爲懿王元年是前966年，則懿王十二年就是前955年，該年正月張表是甲申（21）朔，董譜是乙酉（22）朔，分別距銘文辛巳（18）朔含當日相距四至五日，顯然不合曆。與本文所推懿王十二年（前917年）正月也不合曆。

　　目前通行的說法定夷王元年爲前885年，夷王在位八年，容不下本器的紀年。本文推得夷王元年是前893年，則夷王十二年就是前882年。該年正月張表是庚戌（47）朔，董譜同，錯月是庚辰（17）朔，銘文辛巳（18）朔比庚辰（17）含當日早二日合曆，其實早一日，則太師虘簋銘文所記曆日合於夷王十二年正月的曆朔。

　　太師虘簋銘文有宰曶，蔡簋銘文也有宰曶，蔡簋被認爲是懿王時器。但是，太師虘簋還有師晨這個人物，師晨鼎銘文所記曆日合於厲王三年三月的曆朔，不合於其他王世的曆朔，說明師晨歷仕夷王和厲王二世，而太師虘歷仕懿王、孝王和夷王三世。太師虘簋銘文所記是夷王十二年正月的曆朔。

　　厲王元年是前878年，則厲王十二年是前867年。該年正月張表是癸丑（50）朔，錯月是癸未（20）朔，董譜同，銘文辛巳（18）朔比癸未（20）含當日遲三日合曆。本文還比勘了宣王十二年正月的曆朔，不合曆。

參考文獻

〔1〕陳夢家：《西周銅器斷代》第190～192頁，中華書局2004年。

大簋蓋銘文

　　大簋蓋鑄銘文10行105字，重文2。

銘文

參考釋文

隹（唯）十又二年三月既生霸丁亥，王才糲辰宮。①王乎（呼）吳（虞）師召大，易（賜）趞睽里。②王令善（膳）夫豕曰（謂）趞睽曰：「余既易（賜）大乃里，睽賓（儐）豕章（璋）、帛束。」③睽令豕曰（謂）天子：「余弗敢䠱（婪）。」④豕㠯（與）睽履大易（賜）里。⑤大賓（儐）豕馘（介）章（璋）、馬兩；賓（儐）睽馘（介）章（璋）、帛束。⑥大拜頴首，敢對揚天子不（丕）顯休。用乍（作）朕皇考剌白（伯）隥（奠）簋，其子=孫=永寶用。⑦

考釋

① 唯十又二年三月既生霸丁亥，既生霸是初九，干支是丁亥（24），則某王十二年三月是己卯（16）朔。糲辰宮：糲，從米從帚下從皿，字書所無；辰，當從尸辰聲，字同宸，《說文》：「屋宇」，即重簷。糲辰宮，宮殿名，也見於十五年大鼎銘文。

② 吳，讀作虞，虞師，管理山林河澤之官。召，召見。大，人名。此人也見於大鼎銘文。趞睽，二字字書所無，根據銘文文義是人名。里，里居、里舍，所居住的房舍。趞睽里，原屬於趞睽的里舍。緣何周王把原屬於趞睽的里舍賜給大，銘文沒有交待。

③ 膳夫豕，豕是人名，擔任膳夫之職。膳夫，本來是負責王膳食之官。《周禮‧天官冢宰》：「膳夫掌王之食飲膳羞，以養王及后、世子。」但是，從西周銅器銘文來看，膳夫也負責出納王命，可見其地位不低。曰，此處義同謂，對……說。既，既往、已經。乃，你的，此處指趞睽。賓，從銘文內容來看有贈予義。璋，貴族大臣朝覲天子時手持的一種玉器信物。如頌鼎銘文「頌拜稽首，受命冊佩以出，反入瑾璋。」帛束，一束帛。帛，一種高級絲織品，銅器銘文中經常作為禮品賜予屬下，如匹馬束絲之類。瑾璋、帛束是周天子命趞睽除了給大里以外的禮物。故下文有睽令豕曰（謂）天子：「余弗敢嗇（婪）」之語。

④ 睽令豕曰（謂）天子：「余弗敢嗇（婪）。」余，是睽自指。曰，此處義同謂，對……說。嗇，本義是糧倉，從㐭林聲，銘文讀作婪，貪也。弗敢婪，猶言不敢貪。

⑤ 㠯，讀作與，連詞。道，導引；或釋為履，勘查疆界，賞賜土田或土田交易類銘文中多見此種用法。本句意思是豕與趞睽導引大察看賜給大的里舍。

⑥ 訊，當從卂害聲，讀作介或胡，大也。大因為得到了里舍，又由豕與趞睽導引察看了里舍，所以大分別贈送給豕訊（介）章、馬兩；賓睽訊章、帛束。

⑦ 皇考，大父，亡父曰考。剌伯，大亡父之名，排行老大曰伯。奠簋，祭享用的簋。

王世與曆朔

吳其昌曰：「孝王十二年（前898年）三月小，庚辰朔；八日得丁亥，遲一日。以四分曆推之：三月大，己卯朔；既生霸九日得丁亥。絲毫密合，不差一日。」[1] 銘文「唯十又二年三月既生霸丁亥」，既生霸是初九，干支是丁亥（24），則某王十二年三月是己卯（16）朔。前898年三月張表是壬午（19）朔，董譜同，與銘文三月己卯（16）朔含當日相距四日，顯然不合曆。按照大小月相間排比大簋銘文所記曆日與大鼎銘文所記曆日，發現並不完全銜接，相差二日（期間或有兩個連小月），所以，吳其昌把大簋置於孝王世，把大鼎置於夷王世，分屬兩個王世。

陳夢家說「此蓋花紋同於鄂侯簋及師兌簋一。」陳夢家將大簋蓋和大鼎皆置於西周中期末的孝王時期。[2] 筆者根據元年師兌簋、三年師兌簋銘文曆日記載（三年師兌簋銘文月相詞語記載有誤），校正後發現完全符合屬王元年和三年

的曆朔，比勘大簋蓋銘文所記曆日不合屬王十二年三月的曆朔，比勘宣王十二年三月的曆朔也不合。

銘文「唯十又二年三月既生霸丁亥」，既生霸是初九，干支是丁亥（24），則夷王十二年三月是己卯（16）朔。本文推得夷王元年是前893年，則夷王十二年是前882年。該年三月張表是己酉（46）朔，董譜同，錯月是己卯（16）朔，完全合曆。

十二年大簋蓋銘文與十五年大鼎銘文紀年相接續，銘文字體風格基本相同，銘文中的人物、地點也相同，唯曆法略有出入，本文以爲還是應該屬於同一王世之器。詳閱《大鼎銘文曆朔研究》一節。

參考文獻

〔1〕吳其昌：《金文曆朔疏證》，《燕京學報》第六期，第1047～1128頁，1929年。
〔2〕陳夢家：《西周銅器斷代》第258頁，中華書局2004年版。

大鼎銘文

大鼎，傳世有三件器，本器爲上海市文管會從廢銅中撿得。圓腹呈半球形，直口圓底，二立耳，窄口折沿，三蹄足，腹飾二道弦紋。（《圖象集成》5-320）內壁鑄銘文78字，又重文3、合文1。[1]其器型與趞鼎、頌鼎相同，只是大鼎腹較深，說明其時代較近或相同。

銘文

參考釋文

佳（唯）十又五年三月既霸丁亥，王在毲辰宮。①大以乓（厥）友守。②王鄉（饗）醴。③王乎（呼）善（膳）大（夫）騥召大，以乓（厥）友入玫（捍）。④王召走馬雁，令取雜（駒）鷗（駼）卅二匹易（錫）大。⑤大拜頴首，對揚天子不（丕）顯休。用乍（作）朕剌（烈）考己伯盂鼎，⑥大其子＝孫＝萬年永寶用。

考釋

① 唯十又五年三月既霸丁亥，既霸，應是既死霸之漏寫，既死霸是月之二十三日，干支是丁亥（24），則某王十五年三月是乙丑（2）朔。陳夢家說「既霸乃是既生霸之省」，恐非是。毲，從米從帚從皿，字不識。辰，從尸，辰聲，字同宸，《說文》：「屋宇」，重簷。毲辰宮，宮殿名，也見於十二年大簋蓋銘文。人物、地點相同，王年相連接，從道理上說應是同一個人所鑄之器。但事實並非如此簡單，詳見下文。

② 以，用。乓，讀作厥，其。友，同僚、僚屬，指虎臣之屬。守，守衛王宮。

③ 饗醴，王以鬯酒燕饗群臣。《國語‧周語上》：「王乃淳濯饗醴，及期，鬱人薦鬯，犧人薦醴，王裸鬯，饗醴乃行，百吏、庶民畢從。」

④ 騥，從馬從更，陳夢家疑即鞭字。此處用作人名，擔任膳夫之職。善夫，寫作善大，當是善夫。大以其友入玫，玫讀作捍，大以其僚友虎臣入衛王身。

⑤ 走馬，孫詒讓讀作趣馬，養馬者。雁，或讀作應，人名，擔任走馬之職。雜鷗，或即駒駼，馬名，《說文》：「駒駼，北野之良馬也。」卅二匹，陳夢家說乃八乘之馬。古代一乘駟馬，故成語有「一言既出，駟馬難追」。易，讀作錫，賜也。

⑥ 朕，我，大自稱。烈考己伯，大之亡父己伯。盂鼎，侈口向外平翻，三足，有兩附耳，所以器形是鼎。但似盂，但又不是一般盂的圈足，故自稱盂鼎。

王世與曆朔

吳其昌曰：「夷王十五年（前880年）三月大，乙丑朔；既死霸二十三日得丁亥。與三統曆譜較早一日，與殷曆密合，詳下《考異一》。（餘王盡不可通）」又按：「此二器，不特以年代相距之遠近推之，知其必為孝、夷間之器。即以文字之體制、結構、氣韻觀之，亦已近屬、宣時狀矣。」下面驗證一下吳其昌之說，看結果如何。

　　銘文「唯十又五年三月既霸丁亥」，既霸丁亥（24）若是既死霸丁亥之省，既死霸是二十三日，則十五年三月是乙丑（2）朔。吳其昌把大鼎置於夷王十五年（前 880 年），且認爲既霸是既死霸之誤，則十五年三月是乙丑（2）朔。張表前 880 年三月是戊辰（5）朔，董譜同，戊辰距乙丑（2）含當日相差四日，顯然不合曆，但近是。

　　張表厲王十五年（前 864 年）三月是甲午（31）朔，錯月是甲子（1）朔，銘文乙丑（2）朔錯月又早一日合曆。董譜是乙未（32）朔，錯月是乙丑（2）朔，完全合曆。[2] 銘文「既霸丁亥」就是「既死霸丁亥」之誤。前引吳其昌也說：「此二器，不特以年代相距之遠近推之，知其必爲孝、夷間之器。即以文字之體制、結構、氣韻觀之，亦已近厲、宣時狀矣。」吳其昌之說是也。

　　大簋蓋銘文：「唯十又二年三月既生霸丁亥」，既生霸是初九，干支是丁亥（24），則某王十二年三月是己卯（16）朔。本文推得夷王元年是前 893 年，則夷王十二年是前 882 年，該年三月張表是己酉（46）朔，董譜同，錯月是己卯（16）朔，與大簋蓋銘文正合曆。

　　十二年大簋蓋銘文與十五年大鼎銘文紀年相接續，銘文字體風格基本相同，銘文中的主要人物、地點也相同，所以相隔時間不應太長，理應屬於同一王世。基於這種看法，在大鼎銘文既霸可能是既生霸丁亥（己卯朔）、既望丁亥（甲戌朔）、既死霸丁亥（乙丑朔）之誤的三種可能結果中，覺得既死霸丁亥（乙丑朔）的可能性要大一些。假如大鼎銘文既霸是既死霸丁亥之誤，則十五年三月是乙丑（2）朔。根據大簋蓋銘文所記曆日符合夷王十二年（前 882 年）三月的曆朔，則大鼎銘文所記曆日理應符合夷王十五年（前 879 年）三月的曆朔。比勘曆表和曆譜，夷王十五年（前 879 年）三月，張表是壬戌（59）朔，董譜同，壬戌（59）距銘文乙丑（2）朔含當日相差四日，實際相差三日，近是。根據筆者一貫堅持的「將推算的結果與曆表曆譜相比勘驗證時，如果誤差達到或超過三日（含當日是四日），就認爲是不合曆」的觀點，則大鼎銘文所記曆日就不符合夷王十五年三月的曆朔。不過，從大簋蓋十二年三月到大鼎銘文十五年三月，曆法也會出現三個連大月或三個連小月的情況，如果這樣，那麼這三日之差也是正常的。所以，基於十二年大簋蓋銘文與十五年大鼎銘文紀年相接續，銘文字體風格基本相同，銘文中的主要人物、地點也相同，唯曆法略有出入，本文以爲應該屬於同一王世之器，即同屬於

夷王世。

以上情況很可能是大鼎銘文的月相詞語和干支是蒙大簋蓋銘文而誤刻，因而寫成「三月既霸丁亥」，實際並不是這個月相和干支，後來發現已經鑄就，只好將錯就錯，遂成為一個千古不解之謎。正如元年師兌簋和三年師兌簋銘文所記曆日那樣，成為學界的一個謎。從銘文內容來看，元年師兌簋與三年師兌簋銘文所記事件應該是前後相承續的關係，但是曆日卻不相銜接。筆者經過深入研究之後發現，原來三年師兌簋銘文「二月初吉丁亥」，是「二月既望丁亥」之誤記。校正後元年師兌簋和三年師兌簋銘文所記曆日分別符合厲王元年五月和厲王三年二月的曆朔。根據銘文，厲王元年五月是甲寅（51）朔，厲王三年二月是甲戌（11）朔。這是當時曆朔的實際。

結合吳其昌所說器形紋飾方面的特徵，筆者以為大簋蓋銘文所記曆日符合夷王十二年三月的曆朔，而大鼎銘文所記則應符合夷王十五年三月的曆朔。

參考文獻

〔1〕王玉清：《岐山發現西周時代大鼎》，《文物》1959 年第 10 期。
〔2〕葉正渤：《金文月相紀時法研究》第 185 頁，學苑出版社 2005 年。

第九節　厲王時期

師𤰞簋銘文

本器最早見於宋人著錄，圖象見於宋《宣和博古圖》，銘文見於王俅《嘯堂集古錄》53.1。

銘文

參考釋文

隹（唯）王元年正月初吉丁亥，①白龢父若曰：「師獸，乃祖考又（有）爵（勞）於我家，女（汝）有（又）隹（唯）小子，②余令女死我家，鞃嗣（攝司）我西扁東扁僕駁（馭）、百工、牧、臣、妾，東載內外，母（毋）敢否善。③易（賜）女戈戠戲、厚柲、彤㡀（緌），十五錫鐘、一𢆶，五金。④敬夙夜用事。」⑤獸拜頴首，敢對揚皇君休。⑥用作朕文考乙中（仲）𪊖簋，獸其萬年子=孫=永寶用言（享）。⑦

考釋

① 唯王元年正月初吉丁亥，初吉是初一朔，干支是丁亥（24），則某王元年正月是丁亥朔。本句銘文中的「隹、王」二字的寫法時代顯得略早，而「正」字的寫法又顯得略晚。

② 白龢父，白，銘文一般讀作伯，即伯仲叔季之伯。龢，《說文》：「調也。從龠禾聲。讀與和同。」是和諧的本字，銘文是人名用字。父，成年男子之通稱，傳世文獻寫作甫。白龢父，學界以爲即西周厲王時期的共伯和，或以爲即師龢父。若曰，這樣說。獸，從嘼從犬，字書所無，疑讀如毀或毇（huǐ）。《說文》：「毇，米一斛舂爲八斗也。從臼從殳。」師獸，銘文是人名，擔任師之職。祖考，先祖先父。有爵，或讀作有勞，當以釋爵爲是，謂有功勳於我家。我家，此指伯龢父之家，而非周王室。古代有所謂天子曰天下，諸侯曰國，大夫曰家。其實也不然，就銅器銘文來看，有時天子也曰家，或王家。例如毛公鼎銘文「王若曰：父厝！今余唯肇經先王命，命汝乂我邦我家內外，蕘於小大政，屏（定）朕位。」有，讀作又。小子，銘文一般指同宗的年輕人。

③ 余，我，指伯龢父。死我家，即其他銘文言死司我家。死司，終身主管、服事。大盂鼎銘文「召夾死司戎」，文意略同。[1] 鞃，銘文中常見此字，字書所無，郭沫若讀作攝；嗣讀作司，鞃嗣（攝司）是負責、主管的意思。西扁東扁，扁，讀作偏。陳夢家曰：「東西扁者城之東西廂。」[2] 僕駁（馭），僕，御也，僕馭指駕車者。百工，幹各種雜役之活的人，與下文牧、臣、妾身份地位相同，或亦奴隸之屬。東載，載，當是從市戈聲，或是栽字，孫詒讓釋爲「董裁」，猶言治理。母，讀作毋，禁止之詞。否善，不善。

④ 戈戠戲、厚柲、彤㡀（緌），皆是戈上的幾種飾物。類似語詞亦見於小盂鼎、麥方尊、五年師事簋、詢簋等器銘文，大約皆爲西周中期以後銘文所見。錫

鐘、𨽫，字跡不太清楚，或說是兩種樂器名。五金，青銅。

⑤ 敬，肅也，謹慎、不怠慢。夙夜，早晚。用事，用心於職事。

⑥ 敢，謙敬副詞。對揚，答揚。皇，大也；皇君，大君。休，美好的賞賜。

⑦ 文考乙中（仲），亡父名乙仲者。㝅，同享，祭也。《說文》：「獻也。從高省，曰象進孰物形。《孝經》曰：『祭則鬼㝅之』。」段注：「按《周禮》用字之例，凡祭㝅用㝅字，凡饗燕用饗字。」鬺（shāng）簋，一種體型較大的簋。

王世與曆朔

陳夢家曰：「此器花紋與懿王時師湯父鼎相似。此簋雙耳上立小象鼻，同於中友父簋。」陳夢家因將其定於孝王時器。孝王即位於何年？史無明載，學界說法又不一，難以進行驗證。即以目前通行的說法孝王元年為前 891 來看，銘文「唯王元年正月初吉丁亥，白龢父若曰……」，初吉是初一朔，干支是丁亥（24），則某王元年正月是丁亥朔。前 891 年正月，張表是壬申（9）朔，董譜同，與銘文正月丁亥（24）朔含當日相差十五日，明顯不合曆。且有白龢父其人，白龢父學界一般認為即屬王時的共伯和。綜上兩點來看，說明本器或者不屬於孝王時器，或者孝王元年不是前 891 年，或者兩者都不是。

郭沫若、董作賓定本器為厲王元年。董作賓說：「此器與三年師俞、師晨二簋及三十一年鬲攸從鼎，共四器，三個定點，為一個王的年曆組，最堅強的結合。此四器向來各家均以為屬王時，無異說，以試《史記》厲王三十七年說，加於共和前（842～878），與此組金文密合無間，益使我自信『定點月相』之說，本年為厲王元年，周正月正為丁亥朔。」[3] 據《史記》記載推算，厲王元年是前 878 年，該年正月張表是戊午（55）朔，錯月為戊子（25）朔，比銘文丁亥（24）早一日相合；董譜前 878 年正月正是丁亥（24）朔，完全合曆。

吳其昌曰：「共和元年，正月大，庚辰朔；初吉八日得丁亥。與曆譜合。」[4] 共和元年是前 841 年，筆者研究認為，共和雖行政但並未改元，亦未單獨紀年，使用的仍然是厲王的紀年。[5] 所以，吳其昌之說不可信，況且吳說初吉八日得丁亥，更不符合初吉這個定點月相詞語所指的日辰。初吉是初一朔，不包含幾日。[6] 筆者在《共和行政及若干銅器銘文的考察》一文中已詳細批判了共和元年說，認為師獸簋銘文所記曆日不符合所謂共和元年的曆朔，符合厲王元年正月的曆朔。[7]

比勘宣王元年正月的曆朔，師獸簋銘文所記曆日與張表、董譜皆不合曆。

師獸簋銘文所記符合屬王元年正月的曆朔。

參考文獻

〔1〕葉正渤：《金文標準器銘文綜合研究》第 103 頁，線裝書局 2010 年。

〔2〕陳夢家：《西周銅器斷代》第 238 頁，中華書局 2004 年。以下凡引陳說均據此書。

〔3〕董作賓：《西周年曆譜》第 311 頁，《董作賓先生全集》甲編第一冊，臺北藝文印
　　書館 1978 年。

〔4〕吳其昌：《金文曆朔疏證》，《燕京學報》第六期，第 1047～1128 頁，1929 年。

〔5〕葉正渤：《屬王紀年銅器銘文及相關問題研究》，《古文字研究》第 26 輯，中華書
　　局 2006 年；《從曆法的角度看逨鼎諸器及晉侯穌鐘的時代》，《史學月刊》2007
　　年第 12 期；《亦談晉侯穌編鐘銘文中的曆法關係及所屬時代》，《中原文物》2010
　　年第 5 期。

〔6〕葉正渤：《月相和西周金文月相詞語研究》，《考古與文物》2002 年第 3 期：《金
　　文月相紀時法研究》，學苑出版社 2005 年版。

〔7〕葉正渤：《共和行政及若干銅器銘文的考察》，載《紀念徐中舒先生誕辰 110 週年
　　國際學術研討會論文集》第 162 頁，巴蜀書社 2010 年；收入葉正渤：《金文標準
　　器銘文綜合研究》，第 42 頁，線裝書局 2010 年。

元年師兌簋銘文

元年師兌簋通高 22.5、口徑 19 釐米，重 4.82 公斤。斂口鼓腹，一對獸
首雙耳，下有方垂珥，圈足下有三個向外撇的獸面扁足，隆起的蓋上有圈狀
捉手，蓋沿下折。蓋上和器腹飾瓦溝紋和雙行重環紋，圈足飾單行重環紋。
腹內有銘文 9 行 91 字。

銘文

參考釋文

隹（唯）元年五月初吉甲寅，王才（在）周，各（格）康廟，即立（位）。①同中右（佑）師兌入門，立中廷。②王乎（呼）內史尹冊令（命）師兌：「疋（胥）師龢父嗣（司）左右走馬、五邑走馬。易（錫）女（汝）乃且（祖）巾、五黃（衡）、赤舄。」③兌拜稽首，敢對揚天子不（丕）顯魯休。用乍（作）皇且（祖）城公鼎殷（簋），④師兌其萬年子₌孫₌永寶用。

考釋

① 唯元年五月初吉甲寅，初吉是初一朔，干支是甲寅（51），則某王元年五月是甲寅朔。周，銘文單言周，指位於雒邑西北二十里地的王城。康廟，曩之說者以爲康宮是康王之廟，那麼康廟也應該是康王之廟。然而也有人認爲康宮未必就是康王之廟的專稱，而是大型建築物的美稱。康，寧也。所以，康宮不等於就是康廟。參閱《此鼎、此簋銘文曆朔研究》一節。

② 同中，人名，擔任佑者，即儐相。師兌，人名，本器的作器者。

③ 內史尹，內史，職官名，尹是人名，擔任內史之職。或說尹也是職官名，《書・皋陶謨》：「庶尹允諧。」庶尹，猶言眾官。胥，《爾雅・釋詁》：「胥，相也」，《方言》：「胥，輔也」，據此胥有輔佐、輔弼之義。胥，郭沫若釋作「續也」，謂「師龢父死於宣王十一年，此命師兌承繼其職在元年，則是幽王之元年矣。」[1] 師龢父，人名，師是職官名，西周銅器銘文裏常見到此人名。或稱伯龢父，或說即厲王時期的共伯和。司，執掌、負責。左右走馬、五邑走馬，王冊命師兌執掌左右走馬和五邑走馬，說明其地位還是不低的，應該屬於朝廷裏的官屬。乃祖，指師兌的祖父。巾，佩巾。五黃（衡），黃，讀作衡，玉帶。赤舄，紅色鞋子。原本是古代帝王服之用以祭天的履。《詩・狼跋》：「狼跋其胡，載疐其尾。公孫碩膚，赤舄幾幾」。毛傳：「赤舄，人君之盛屨也。」孔穎達疏：「天官屨人，掌王之服屨，爲赤舄、黑舄。注云：『王吉服有九，舄有三等，赤舄爲上，冕服之舄，下有白舄黑舄，然則赤舄是娛樂活動之最上，故云人君之盛屨也。』」

④ 皇祖，大祖。城公，皇祖人名。鼎，讀 shāng，大鼎之一種。殷，即簋，青銅食器。

三年師兌簋銘文

師兌還鑄有三年師兌簋，其銘文內容與此元年師兌簋銘文密切相關，爲此，特放在一起來研究其曆朔。三年師兌簋與元年師兌簋器形、紋飾完全相同。蓋有折沿，與器之子口相扣。口下和蓋緣均飾雙行橫鱗紋，腹飾瓦紋，圈足飾一周橫鱗紋。雙耳上端有獸頭，下有方形垂珥。三足有獸頭，足尖稍外卷。器蓋同銘，鑄有銘文 12 行 124 字，重文 3，合文 1。

銘文

參考釋文

隹（唯）三年二月初吉丁亥，王才（在）周，各（格）大（太）廟，即立（位）。①醒（陵）白（伯）右（佑）師兌入門，立（中）廷。②王乎（呼）內史尹冊令（命）師兌：「余既令（命）女（汝）疋（胥）師龢父，嗣（司）左右走馬，今余隹（唯）䰙（申）就乃令（命），令（命）女（汝）鼜（攝）嗣（司）走馬。③易（錫）女（汝）秬鬯一卣、金車、賁較、朱虢（鞃）、弘（靳）、虎冟（冪）、熏（纁）裏、右厄（軛）、畫轉、畫輯、金甬（箭）、馬（四）匹、攸（鋚）勒。」④師兌拜稽首，敢對揚天子不（丕）顯魯休，用乍（作）朕皇考釐公鼏殷（簋），師兌其萬年子=孫=永寶用。⑤

考釋

① 唯三年二月初吉丁亥，初吉是初一朔，干支是丁亥（24），則某王三年二月是丁亥朔。王在周，格太廟，結合元年師兌簋銘文「王在周，格康廟」來看，位於王城應該既有太廟，亦有康廟。太廟大約相當於祖廟，而康廟則是康王之廟，或康廟位於太廟建築群之內。

② 餗，從阜從倒止從攵從土，字書所無，或隸作陵。陵伯，人名，擔任佑者。元年師兌簋銘文裏的佑者是同中。師兌，人名，與元年師兌簋銘文裏的師兌當是同一人。

③ 內史尹，此處的尹是人名，與元年師兌簋銘文裏的內史相同。余，周王自稱。既，往也，往昔。疋，讀作胥，相也，即輔弼、輔佐的意思。郭沫若釋作續。師龢父，人名，與元年師兌簋銘文裏的師龢父是同一個人，所說事件亦相關聯。司左右走馬，負責、掌管左右走馬。今余唯龗（申）就乃命，現在我重申對你的任命。龗，讀作申。下一字從言從亯，學術界一般隸作「就」。命汝嶽（攝）嗣（司）走馬，仍命你負責、掌管走馬。嶽，讀爲攝，與司同義，都是負責、掌管的意思。

④ 以下是周王賞賜給師兌的品物。三年師兌簋銘文所記王賞賜的物品與四十三年逨鼎銘文所記王賞賜的物品大體相同。四十三年逨鼎銘文：「賜汝秬鬯一卣，玄袞衣，赤舄，駒車：賁較，朱虢、靳靳，虎冟（冪）、熏裏，畫轉、畫輴，金甬，馬四匹，鋚勒。」這至少說明，這兩件器物的製作時代相距不會太遠，或即屬於同一個王世。

⑤ 皇考釐公，釐公，人名，是師兌的亡父。元年師兌簋銘文稱皇祖城公，本器銘文稱皇考釐公，前後已是三代人了，說明釐公是在元年五月以後才去世的。

王世與曆朔

　　銘文「唯元年五月初吉甲寅」，初吉是初一朔，則某王元年五月甲寅朔。此外，三年師兌簋與本篇銘文裏的師兌是同一個人。三年師兌簋銘文：「唯三年二月初吉丁亥」，則三年二月是丁亥朔。從元年五月初吉到三年二月初吉正好是21個月整，通過排比干支表，可以驗證銘文所記曆日是否相銜接。

王年	正月	二月	三月	四月	五月	六月	七月	八月	九月	十月	十一月	十二月
元年					甲寅	甲申	癸丑	癸未	壬子	壬午	辛亥	辛巳
二年	庚戌	庚辰	己酉	己卯	戊申	戊寅	丁未	丁丑	丙午	丙子	乙巳	乙亥
三年	甲辰	甲戌										

按正常的大小月相間排比干支表，發現從元年五月初吉甲寅，到三年二月初吉並不是丁亥（24），而是甲戌（11）朔。甲戌距丁亥含當日是十四日。這與銘文的記載有很大的出入，這就是人們早就發現的元年師兌簋與三年師兌簋銘文干支不相連續的現象。對此，有學者將三年師兌簋的時代置於元年師兌簋之前，即屬之於前一王世，將元年簋屬於後一王世。但是，根據銘文所記周王對師兌的任命來看，明明是師兌於元年受命「胥師龢父司左右走馬、五邑走馬」，三年時周王說「余既命汝胥師龢父，司左右走馬。今余唯申就乃命，命汝攝司走馬。」銘文除了漏寫「左右」走馬或「五邑」走馬二字外，很明顯三年是對元年任命的重命。既然元年之任命在前，三年重命在後，那麼，元年簋之鑄就應該在三年簋之前，且二器屬於同一王世。不過，通過排比干支表筆者注意到，到三年二月初吉所逢的干支是甲戌（11），而不是銘文所記的「二月初吉丁亥」，甲戌到丁亥含當日正好是十四日，而十四日是既望所逢的日序。由此筆者想到，很可能是「二月既望丁亥」被誤記成「二月初吉丁亥」了。

陳夢家定師兌二器為孝王時器。[2]吳其昌懷疑元年師兌簋銘文五月初吉甲寅是既望甲寅之誤。吳其昌曰：「幽王元年（前781年）五月大，庚寅朔；既死霸二十五日得甲寅。殷曆後一日，五月辛卯朔；既望二十四日得甲寅。『初吉』二字，當是『既望』二字之誤。」

又曰：「似不為誤範者，此器決是偽器。因所銘年月朔望干支，惟屬王元年可通。不幸師兌敦乃有二器，下一器所銘年月朔望干支，推以幽王三年，絲毫無牾。且已經王先生論定，為幽王三年之器。……然此器決非偽器，且決知其與下一器同時所鑄。不但同記師兌作器，此器銘云：『冊命師兌正師龢父嗣左右走馬』。下一器銘云：『余既命女正師龢父嗣走馬』。文器正上下銜接，可以證此器之決非偽，而與下一器上下銜接。又可證此器之必在幽王元年，而『初吉』為誤鑄矣。」[3]

吳其昌懷疑元年師兌簋銘文「唯元年五月初吉甲寅」的初吉是既望之誤，且將師兌簋二定於幽王之世。王國維定師兌簋二器為幽王世，郭沫若於《大系》中亦將師兌簋置於幽王世。下面來驗證一下看結果如何？不過，我們認為既望是十四日，不同意吳其昌的說法。

假設按吳其昌之疑元年五月是既望甲寅，既望是十四日，干支是甲寅（51），則元年五月是辛丑（38）朔。幽王元年（前781年）五月張表是壬辰

（29）朔。壬辰距辛丑（38）含當日是十日，顯然不合曆。董譜幽王元年五月是辛卯（28）朔，與銘文辛丑（38）朔含當日相差十一日，顯然亦不合曆。且幽王三年（前 779 年）二月張表是壬午（19）朔，與銘文三年二月初吉丁亥（24）含當日相差六日，顯然亦不合。董譜是辛巳（18）朔，與銘文丁亥（24）相差七日，亦不合曆。所以，從曆法的角度來看，無論元年師兌簋銘文中的月相詞語初吉是否為既望之誤，二器銘文所記曆日都不合幽王元年和三年的曆朔。就是說，師兌簋二器不屬於幽王之世。且吳其昌說元年師兌簋銘文五月初吉甲寅是既望之誤，僅僅是因為覺得既望在二十四五日與通常的理解不合，吳其昌之說尚缺乏有力的證據。

此外，劉啓益曾把師兌簋二器置於共和時期。[4] 筆者在《共和行政及若干銅器銘文的考察》一文中已作了分析探討。指出：「厲王三十七年被國人放逐以後，是共伯和執掌了周王室大權 14 年，此時的周厲王在彘（今山西霍縣東北），一直到死。可是銘文明明說『隹元年五月初吉甲寅，王在周，格康廟，即位。同中右師兌入門，立中廷。王呼內史尹冊命師兌』，說明厲王仍在周，且在行使行政權。」由於師兌簋二器皆有周王在周的政事活動，說明根本不可能是共和時期器。[5]

上文曾指出，三年師兌簋銘文中周王賞賜給師兌的品物與四十三年逨鼎銘文裏的基本相同，可見二器可能屬於同一王世。四十三年及四十二年逨鼎諸器筆者根據其曆日記載推定為厲王之世器物。下面我們也來驗證一下，看結果如何。

厲王元年（前 878 年）五月，張表是丙辰（53）朔，銘文甲寅（51）朔比丙辰遲二日合曆。董譜元年五月是乙酉（22）朔，錯月是乙卯（52）朔，銘文甲寅（51）朔遲一日合曆。厲王三年（前 876 年）二月張表是乙巳（42）朔，董譜同，錯月是乙亥（12）朔，與銘文二月初吉丁亥（24）含當日相差十五日，顯然不合曆。根據張表和董譜，元年師兌簋銘文曆日與厲王元年相合，只有三年不合。根據排比干支表，發現元年師兌簋銘文所記月相詞語和干支不誤，三年師兌簋銘文的二月初吉丁亥，應是二月既望丁亥之誤。校正後也來比勘驗證一下，看結果如何。

假設銘文是三年二月既望丁亥，既望是十四日，干支是丁亥（24），則某王三年二月是甲戌（11）朔。這個結果與筆者上文排比干支表所得三年二月甲戌

朔完全吻合，可證的確是既望誤記爲初吉。其次，厲王三年二月張表、董譜皆是乙巳（42）朔，錯月則爲乙亥（12）朔，比校正後的三年二月甲戌（11）朔早一日合曆，可以說完全吻合。由此可以斷定：

1. 三年師兌簋銘文「二月初吉丁亥」，的確是「二月既望丁亥」之誤記；

2. 根據校正後的曆日來考察，元年師兌簋和三年師兌簋銘文所記分別符合厲王元年和三年的曆日。

3. 厲王元年應該是前 878 年，而不是其他年份。

師兌簋二器銘文曆日之所以不相銜接，原來是三年簋銘文把月相詞語記錯了。這是一個重要的發現。由於這一發現，從而解開了師兌簋二器銘文曆日不相銜接的疑團。西周銅器銘文中誤記月相詞語，誤記干支或漏記月相詞語的現象是存在的，如晉侯穌編鐘銘文、四十二年逨鼎銘文的干支誤記；大鼎銘文漏寫月相詞語「唯十又五年三月既霸丁亥」（當是既死霸之誤），伯寬父盨銘文的「唯卅又三年八月既死辛卯」，「既死」應是「既望」之誤等等。

最後的結論，三年師兌簋銘文「二月初吉丁亥」，是「二月既望丁亥」之誤記；元年師兌簋和三年師兌簋銘文所記曆日分別符合厲王元年五月和三年二月的曆朔。根據銘文，厲王元年是前 878 年，厲王元年五月是甲寅朔，厲王三年二月是甲戌朔。

參考文獻

〔1〕郭沫若：《兩周金文辭大系圖錄考釋》第 327 頁，《郭沫若全集·考古編》卷八，科學出版社 2002 年。

〔2〕陳夢家：《西周銅器斷代》第 240 頁，中華書局 2004 年。以下凡引陳說均據此書。

〔3〕吳其昌：《金文曆朔疏證》，《燕京學報》第六期，1929 年 1047～1128 頁。

〔4〕劉啓益：《西周宣王時期銅器的再清理——〔附〕共和及幽王時期銅器》，《出土文獻研究》第 4 輯，科學出版社 1999 年第 79 頁。

〔5〕葉正渤：《共和行政及若干銅器銘文的考察》，《紀念徐中舒先生誕辰 110 週年國際學術研討會論文集》，第 162 頁，巴蜀書社 2010 年；又見葉正渤：《金文標準器銘文綜合研究》第 35 頁，線裝書局 2010 年。

〔6〕葉正渤：《從曆法的角度看逨鼎諸器及晉侯穌鐘的時代》，《史學月刊》2007 年第 12 期。

師晨鼎銘文

師晨鼎，器形未見著錄。銘文 10 行 103 字。

銘文

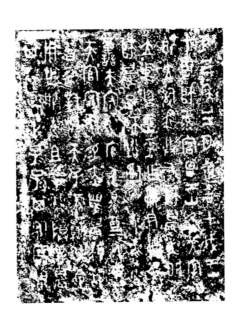

參考釋文

隹（唯）三年三月初吉甲戌，王才（在）周師彔宮。①旦，王各大（格太）室，即立（位），嗣（司）馬共右（佑）師晨，入門立中廷。②王乎乍（呼作）冊尹冊命師晨：「疋（胥）師俗嗣（司）邑人隹（唯）小臣、譱（膳）夫守友、官犬，眔奠人譱（膳）夫官、守友，易（錫）赤舄。」③晨拜稽首，敢對揚天子不（丕）顯休令（命），用乍（作）朕文且（祖）辛公奠鼎。④晨其萬年世子＝孫＝其永寶用。⑤

考釋

① 唯三年三月初吉甲戌，初吉是初一朔，干支是甲戌（11），則某王三年三月是甲戌朔。周師彔宮，銘文單言周，指位於雒邑西北二十里地的王城，周師彔宮則是位於王城的宮室名。朱駿聲在其《尙書古注便讀・洛誥》下注：「所謂成周，今洛陽東北二十里，其故城也。王城在今洛陽縣西北二十里，相距十八里。」又在《君陳》篇下按曰：「成周，在王城近郊五十里內。天子之國，五十里爲近郊，百里爲遠郊。今河南河南府洛陽縣東北二十里爲成周故城，西北二十里爲王城故城。」周師彔宮之名也見於師餘簋、諫簋、四年瘨盨等

銘文。

② 嗣（司）馬共，司馬，職官名。周初即有三有司，謂司徒、司馬、司空，三卿也。共是人名，陳夢家釋「共」爲㠯字，從二父，謂應是共王後半期的司馬井伯、親的下一代，或即井叔，此器當是懿王之初年之器。[1] 師晨，師是職官名；師氏，西周統帥軍隊的高級軍官，《尚書·牧誓》以師氏與千夫長、百夫長連稱；晨是人名，擔任師之職。

③ 疋，胥字初文，《爾雅·釋詁》：「胥，相也」，《方言》：「胥，輔也」，因而胥有輔助、協助之義。師俗，師是職官名，俗是人名。陳夢家說其人或即白俗父，即師俗父，擔任司寇之職，師晨是其副手，管理邑人與奠人，邑、奠猶城郊。管理邑人的有小臣、譱夫守友、官犬，管理奠人的有譱（膳）夫官、守友。易，讀作錫，賜也。赤舄（xì），紅色鞋子。原本是古代帝王服之用以祭天的履。《詩·豳風·狼跋》：「狼跋其胡，載疐其尾。公孫碩膚，赤舄幾幾」。毛傳：「赤舄，人君之盛屨也。」孔穎達疏：「天官屨人，掌王之服屨，爲赤舄、黑舄。注云：『王吉服有九，舄有三等，赤舄爲上，冕服之舄，下有白舄黑舄，然則赤舄是娛樂活動之最上，故云人君之盛屨也。』」

④ 文且（祖）辛公，文是諡號。《逸周書·諡法》：「經緯天地曰文，道德博聞曰文，學勤好問曰文，慈惠愛民曰文，愍民惠禮曰文，錫民爵位曰文。」可見是溢美之辭。且，祖字之初文。辛公，人名，師晨之亡祖。奠鼎，奠，祭也，表器之用；鼎，古代炊具之一種，放置在宗廟裏的青銅禮器之一。

⑤ 萬年世子₌孫₌，猶言萬世子孫。

王世與曆朔

　　或說是西周中期，或說是西周晚期。銘文記周王冊命師晨協助師俗職司邑人、奠人與他們的屬宮小臣、善夫守友、官犬等。本篇銘文裏參與活動的人物，除周王外，還有司馬共、師晨、作冊尹、師俗。司馬共，其人又見於四年瘐盨，銘文曰：「隹四年二月既生霸戊戌，王在周師彔宮，各大室，即位，司馬共右瘐，王乎史年冊，易攸靳……」。也見於諫簋銘文，銘文曰：「唯五年三月初吉庚寅，王在周師錄宮。且，王格大室，即位。司馬共右諫入門，立中廷。王呼內史先冊命諫曰……」。

　　同時，四年瘐盨銘文和諫簋銘文中也有相同的地名周師錄宮。作冊尹，陳夢家認爲見於共、懿時期的金文。師俗，陳夢家以爲即白俗父，其人也見於

共王時期的永盂銘文。銘文曰：「隹十又二年初吉丁卯，益公入，即命於天子。公乃出厥命，錫畀師永厥田：陰陽洛疆，眔師俗父田，厥眔（暨）公出厥命，丼伯、榮伯、尹氏、師俗父、遣仲⋯⋯」。通過人物繫聯，至少說明師晨鼎與四年瘐盨、諫簋以及師兪簋蓋都是同時代或相近時代的器物。四年瘐盨定爲西周懿王時期，而永盂一般認爲是西周共王時期的。陳夢家定師晨鼎、師兪簋蓋以及諫簋都屬於懿王時期。郭沫若以爲本器屬於厲王三年，[2] 還有人爲是夷王時器。本器銘文與師兪簋銘文的紀時同年同月同日，同地點，同佑者。師兪簋蓋銘文：「唯三年三月初吉甲戌，王在周師錄宮。旦，王各大室，即立。司馬共右師兪入門，立中廷。王乎乍冊內史冊令師兪⋯⋯」，可見兩器爲同時所作。

師兪簋蓋銘文

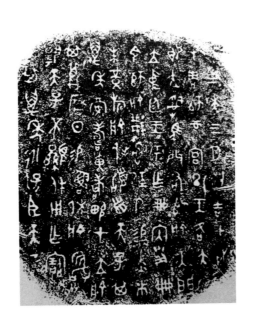

下面對以上諸說進行比勘驗證，看結果如何。

1、厲王說。本篇銘文裏參與活動的人物，除了周王以外，還有司馬共、師晨、作冊尹、師俗。司馬共，郭沫若以爲即共伯和，所以，將其定爲厲王時器。吳其昌亦認爲師晨鼎屬於厲王三年器。吳其昌曰：「厲王三年（前 876 年）三月大，壬申朔，初吉三日得甲戌。與譜合。文字亦爲厲、宣一體。」吳其昌在師兪簋條下按曰：「與上器同日。上器云『嗣馬共右師晨入門』，此器亦云『嗣馬共右師兪入門』，是不特爲一日之事，且同爲嗣馬共一人所右者。

蓋厲王於同日引見師晨、師艅二人，且同是嗣馬共為介，若後世兩大臣於同日陛見天子也。退而師晨、師艅各鑄一器，以記其事。器不必同日而鑄，而器上所鑄之銘，則為記同日之事也。」又附：「伯晨鼎：『隹王八月，辰在丙午。』按：伯晨當即師晨鼎之師晨。蓋本晨一人，稱其字曰伯晨，名其職曰師晨也。器亦當是一年所鑄，今按厲王三年，八月大，庚子朔；丙午在初吉七日。或不謬也。」[3]

銘文「唯三年三月初吉甲戌」，初吉是初一朔，干支是甲戌（11），則某王三年三月是甲戌（11）朔。根據《史記》記載推算，厲王元年是前878年，厲王三年則是前876年。前876年三月張表是乙亥（12）朔，比師晨鼎銘文所記甲戌（11）朔早一日合曆。董譜前876年三月正是甲戌（11）朔，完全合曆。按照學術界的一般看法，只要曆日吻合，就可以確定銅器銘文所屬的王世，則師晨鼎銘文所記曆日完全符合厲王三年三月的曆朔。當然，還應參考器物的形制、花紋以及銘文中出現的人物，所記載的歷史事件等要素。

至於伯晨鼎銘「隹王八月，辰在丙午」，吳其昌說「器亦當是一年所鑄，今按厲王三年，八月大，庚子朔；丙午在初吉七日。」查檢張表厲王三年（前876年）八月是壬寅（39）朔，董譜同，丙午（43）是八月初五。吳說「器亦當是一年所鑄」，近是。

另有一件太師虘簋，銘文「正月既望甲午……唯十又二年」，既望是十四日，干支是甲午（31），則某王十二年正月是辛巳（18）朔。厲王元年是前878年，厲王十二年是前867年。該年正月張表是癸丑（50）朔，錯月是癸未（20）朔，董譜同，銘文辛巳（18）朔比曆表癸未（20）朔遲二日合曆。

2、懿王說。懿王即位之年，學術界根據古本《竹書紀年》「懿王元年天再旦於鄭」的記載，運用現代天文學知識推算懿王元年是前899年4月21日，則懿王三年便是前897年。[4]前897年三月張表是丁丑（14）朔，與銘文甲戌（11）朔含當日相差四日，恐不合曆。董譜前897年三月是丙子（13）朔，與銘文甲戌（11）朔含當日相距三日，近是。但是，從前899年到厲王元年的前878年只有22年的時間，其間經歷了懿王、孝王和夷王三個王世，每個王世平均不過七八年時間，未免有些太短。況且，所謂懿王元年是前899年與張表所給出的朔日合朔時間（應該是日出後不久）也不合，又得不到銅器

銘文的驗證。詳見《金文曆朔研究・關於「懿王元年天再旦於鄭」》一節。這個結果表明，或者師晨鼎銘文所記曆日不是懿王三年三月；或者懿王元年不是前 899 年；或者兩者都不是。

3、夷王說。夷王在位的年數史無明確記載，學術界有多種推算結果。目前通行的說法夷王元年是前 885 年，[5] 則夷王三年是前 883 年。前 883 年三月張表是乙卯（52）朔，董譜同，即使錯月乙酉（22）朔，與銘文甲戌（11）朔含當日也相距十二日，顯然不合曆。這個結果表明，或者師晨鼎銘文所記曆日不是夷王三年三月；或者夷王元年不是前 885 年；或者兩者都不是。

結合太師虘簋銘文合於屬王十二年正月的曆朔，所以師晨鼎銘文符合屬王三年三月的朔日。在沒有器形、紋飾等信息可資考察的情況下，銘文所記曆日信息就是重要的斷代依據。

參考文獻

〔1〕陳夢家：《西周銅器斷代》第 188 頁，中華書局 2004 年。以下凡引陳說均據此書。

〔2〕郭沫若：《兩周金文辭大系圖錄考釋》第 247 頁，科學出版社 1957 年。

〔3〕吳其昌：《金文曆朔疏證》，《燕京學報》第六期，1929 年 1047～1128 頁。

〔4〕夏商周斷代工程專家組：《夏商周斷代工程 1996~2000 年階段成果概要》，《文物》2000 年第 12 期。

〔5〕同〔4〕。

師㝬簋（器）銘文

師㝬簋，或隸作師釐簋，傳世共有二器。銘文行款略異。器銘 10 行 141 字，重文 3。蓋銘 12 行 124 字，重文 3。（左：師釐簋器二銘文，右：師釐簋蓋二銘文）

銘文

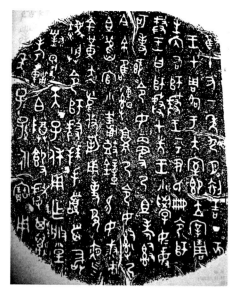

參考釋文

師龢父叚（奪）嫠叔（素）市（載），鞏（恐）告於王。①隹（唯）十又一年九月初吉丁亥，王才（在）周，各（格）於大室，即立（位）。②宰琱生內（入）右師嫠。③王乎尹氏冊令（命）師嫠。王若曰：「師嫠，才（在）昔先王小學，女（汝）敏可事（使），既令女（汝）更乃祖考嗣小輔。今余唯䆠憙（申就）乃令（命），令（命）女（汝）嗣（司）乃且（祖）舊官小輔眔鼓鐘。④易（錫）女（汝）叔市、金黃、赤舄、攸勒，用事。敬夙夜勿灋（廢）朕令（命）。」⑤師嫠拜手頴首，敢對揚天子休，用乍（作）朕皇考輔白（伯）奠簋，⑥嫠其萬年子＝孫＝永寶用。

考釋

① 師龢父，人名，擔任師之職，父是成年男子的稱呼，郭沫若說即共伯和。[1]共是方國名，位於今河南省衛輝縣西北，伯是爵稱，和是其私名。共伯和是厲王時期的貴族大臣，曾與召穆公一起代王行政，史稱「共和行政」。共和雖行政，但既沒有改元，亦沒有單獨紀年，使用的仍是厲王的紀年。[2]叚，從乍從殳，郭沫若說即《說文》殂字的異體，當讀爲殂，死也。馬承源以爲叚是師龢父賜予師嫠的一種品物。所以釋下文「鞏告於王」爲恭告於王。[3]陳夢家說：「叚爲動詞，謂師龢父奪取師嫠之叔市，故恐告於王」；「師龢父奪取師嫠之叔市，故恐告於王而王復賜以叔市。」[4]所以，陳夢家將本句斷爲：「師龢父叚嫠叔（素）市（載），鞏（恐）告於王。」叚字又見於虢文公子叚鼎、

鬲銘文，是人名用字。

　　燮，人名，即下文的師燮，擔任師之職。叔，讀作素；市，讀作韍或黻，古代下裳前的蔽飾。《說文·韋部》：「韠，韍也。所以蔽前以韋，下廣二尺，上廣一尺，其頸五寸。」素韍，素色的蔽飾。漢代及以前古人下裳沒有褲襠，以韍遮蔽布縫來遮羞。參閱舀鼎銘文考釋注②。《禮記·玉藻》：「一命縕韍幽衡，再命赤韍幽衡。」銅器銘文中周王常賞賜給有功的貴族大臣赤市，可見有顏色之分。鞏，郭沫若讀作恐，驚慌；馬承源讀作恭，敬也，謂師龢父賜燮以段，燮穿素市恭告於王。師燮簋器一有這一句銘文，但器二無此句，陳夢家認為可能是仿照器一銘文而偽刻，所以缺少首行十一字等。（237／2004）從西周銘文的體例來看，其說可信。見所附銘文拓片影印件。

② 唯十又一年九月初吉丁亥，初吉是初一朔，干支是丁亥（24），則某王十一年九月是丁亥朔。周，銘文單言周，則指位於雒邑西北二十里地的王城，成周在雒邑東北二十里地。

③ 宰瑂生，人名，擔任宰之職。瑂生之名也見於宣王時期的召伯虎簋二器銘文和2006 年 11 月陝西省扶風縣城關鎮五郡西村一西周青銅器窖藏出土的五年瑂生尊銘文，當是同一人。內，讀作入。右，賓佑，導引。師燮，人名，擔任師之職。

④ 尹氏，西周史官之名。若，這樣。小學，許慎《說文解字·敘》：「《周禮》八歲入小學，保氏教國子，先以六書。」《大戴禮·保傅》篇：「古者年八歲而出就外舍，學小藝焉，履小節焉，束髮而就大學，學大藝焉，履大節焉。」敏，敏捷、聰慧。由「在昔先王小學，汝敏可使」一句銘文，可知時王為太子時曾與師燮同入小學讀書，是同窗，故知師燮敏而可使。更，通賡，續也。祖考，亡祖、亡父。嗣，同司，職掌、主管。小輔，樂官名。1957 年陝西長安縣兆元坡村出土輔師燮簋稱「更乃祖考嗣輔」，又稱燮為「輔師」，則輔當讀作鑄，輔師當是《周禮》之鑄師，掌金奏之鼓。鼓鐘，樂官名，《周禮》稱鐘師，大克鼎銘文有「霝龠鼓鐘」。陳夢家說：「輔師是官名，輔師燮與師燮是一人。」（196／2004）

⑤ 易，讀作錫，賜也。金黃，金色的珩或衡，一種玉佩。赤舄，紅色的木屨（鞋子）。攸勒，馬籠頭。用事，用心於職事。灋（法），銘文中讀作廢，荒廢。此種用法也見於大盂鼎等器銘文。

⑥ 皇考，皇，大也，亡父曰考。輔白（伯），師燮亡父之名。奠，祭也，表示器之用。

王世與曆朔

或以為孝王時器，或以為夷王時器，或以為共和時器，或以為宣王時器。銘文「唯十又一年九月初吉丁亥」，初吉是初一朔，干支是丁亥（24），則某王十一年九月是丁亥朔。

筆者以為，確定本器所屬之王世，有幾個關鍵的地方需要搞清楚。一是對𣪘字意義的理解，因為它關涉到師龢父其人所屬的王世，乃至本器的歷史斷代。試分析如下：

若按馬承源、陳夢家二人的說法，不管𣪘表示為師龢父所賜之品物，還是表示奪取義（見考釋①），都表明師龢父是健在的。根據傳世文獻記載，師龢父或共伯和主要活動於周厲王時期，厲王死於彘以後，宣王即位，共伯和就回到自己的封地，所以傳世文獻中宣王以後就幾乎看不到有關師龢父或共伯和活動的記述。這就是說，只要師龢父是活著的並參與政事，那麼他就應在厲王之世。反之，若按郭說，𣪘是死的意思，師龢父既死，則時王就是周宣王。因為根據傳世文獻記載，宣王即位以後共伯和就回到自己的封地衛去了。今本《竹書紀年》：「（厲王）二十六年，大旱，王陟於彘」；「周定公、召穆公立太子靖為王」；「共伯和歸其國，遂大雨」；「大旱既久，廬舍俱焚，會汾王崩，卜於大陽，兆曰厲王為祟。周公、召公乃立太子靖，共和遂歸國。和有至德，尊之不喜，廢之不怒，逍遙得志於共山之首。」共，古國名，可能因共山而得名，乃公伯和之封地。可見共伯和有至德，不為名利，其死必在宣王之世，則本器銘文中之王非宣王莫屬，那麼器之鑄亦必在宣王之世。

二是人物繫聯。除了師龢父或共伯和之外，銘文中還有琱生其人。銘文「宰琱生入右師嫠」，琱生之名也見於宣王時期的召伯虎𣪘二器銘文和新出土的五年琱生尊銘文。在本器銘文中琱生擔任宰，並擔任儐佑，導引師嫠接受周王之召見。可見這四件器中的琱生當是同一人，其歷仕厲、宣二世。五年琱生𣪘、尊以及六年琱生𣪘銘文所記歷史事件符合宣王早期時事，郭沫若考之甚詳。本器銘文中因有師龢父（共伯和）其人，所以當屬厲王之世。

三是曆朔比勘驗證。本著先易後難的原則，因為宣王、厲王在位的年數比較明確，所以，首先與宣王時期相應年份的曆朔進行比勘。宣王十一年（前817年）九月，張表是己丑（26）朔，董譜同。己丑（26）距丁亥（24）含當

日相差三日，實際相距僅二日，基本相合。但是，屬於宣王時期的虢季子白盤銘文言「唯十又二年正月初吉丁亥」，初吉是初一朔，則宣王十二年（前 816 年）正月是丁亥（24）朔，張表是戊子（25）朔，遲一日相合，董譜正是丁亥朔，完全合曆。可是根據排比干支表，宣王十二年正月是丁亥（24）朔，則宣王十一年九月就不可能是丁亥朔，而應該是己丑（26）朔。這就是說，虢季子白盤銘文所記曆日與師嫠簋銘文所記曆日不相銜接，這只能說明師嫠簋銘文所記曆日不是宣王十一年九月的。虢季子白盤屬於宣王時器，這是毫無疑問的，因為銘文所記歷史事件和所記曆日足以證明這一點。

其次與厲王十一年九月的曆朔相比勘。根據《史記》的記載推得厲王元年是前 878 年，這已得到厲王時期眾多銅器銘文所記曆日的驗證，則厲王十一年是前 868 年，該年九月張表是乙卯（52）朔，董譜同，錯月是乙酉（22）朔，乙酉（22）距丁亥（24）含當日相差三日，實際相距僅二日，可以看做完全合曆。

說者或據師嫠簋銘文中之人物師龢父和曆法等要素將師嫠簋定為共和時器。筆者在《共和行政與所謂共和器的考察》一文中業已作了深入探討，指出：「師嫠簋銘文裏的師龢父如果真像郭沫若所說是共伯和的話，那麼銘文『隹十又一年九月初吉丁亥，王在周，格於大室，即位。』也只能說明該器所記是周厲王十一年九月初吉之事，因為『王在周，格於大室，即位』，表明厲王仍在從事正常的政事活動，並沒有流於彘。依此類推，則井人妄鐘銘文所記亦是厲王流於彘以前事。

再從曆法的角度來看，師嫠簋銘文『隹十又一年九月初吉丁亥』，那麼共和十一年九月應該是丁亥（24）朔。共和元年是前 841 年，共和十一年則是前 831 年。前 831 年九月，張表是庚辰（17）朔，董譜同，銘文九月丁亥（24）朔含當日與之相差八日，顯然不合曆。但是，根據本文推算厲王十一年即前 868 年，該年九月張表是乙卯（52）朔，董譜同，錯月是乙酉（22）朔，則曆表乙卯朔比銘文丁亥朔錯月又遲二日合曆。所以，從曆法的角度來看，師嫠簋銘文所記很可能就是厲王十一年之事。」[5]

再次與夷王時期的曆朔進行比勘。由於夷王在位的年數至今無定論，有數年說，也有三十幾年說，所以夷王十一年究竟是何年難以確定。即以目前

通行的說法夷王元年爲前 885 年，夷王在位八年，根本容不下銘文紀年的十一年。所以，與夷王之世顯然亦不合曆。

最後與孝王時的曆朔進行比勘。孝王在位的年數同樣不確定，所以，其元年始於何年是個未知數。即以目前通行的說法前 891 年爲孝王元年來比勘，通行的說法孝王在位總共只有六年，所以，本器銘文「唯十又一年九月初吉丁亥」，顯然與孝王世亦不合。

四是比勘器物的器型紋飾。本器器型紋飾合於西周晚期，但是，器型紋飾演變具有漸變性的特點，一種器型往往延續鄰近的幾個王世。所以，根據器型紋飾只能對器物的時代作出大致的判斷，不能作出具體王世的斷定。學術界一般認爲，西周從夷王至幽王屬於晚期，將本器定爲厲王之世並沒有超出這個歷史範圍。

陳夢家在《西周銅器斷代》輔師嫠簋條下說：「輔師是官名，輔師嫠與師嫠是一人。」（196／2004）但是，他根據銘文中周王對師嫠的賜命把輔師嫠簋置於懿王時期，把師嫠簋置於孝王時期。輔師嫠簋銘文曰：「唯王九月既生霸甲寅，王在周康宮，各大室，即位，榮伯入右輔師嫠……。」既生霸是初九，干支是甲寅（51），則某王某年九月是丙午（43）朔。根據輔師嫠簋銘文來看，銘文所記是周王對輔師嫠的初命，而師嫠簋銘文所記是周王對師嫠的重命，所以銘文曰「師嫠，在昔先王小學，汝敏可使，既令汝更乃祖考嗣小輔。今余唯龤橐（申就）乃命，命汝司乃祖舊官小輔眔鼓鐘。」可見輔師嫠簋之鑄應該在師嫠簋之前若干年。驗之曆表，厲王二年（前 877 年）九月，張表和董譜皆是丁丑（14）朔，錯月是丁未（44）朔，比銘文丙午（43）朔早一日合曆，則輔師嫠簋銘文所記曆日很可能就是厲王二年九月。而本器所記之曆日在厲王十一年九月，兩件器所記時間、事件前後完全吻合。

結論，師嫠簋不僅銘文所記曆日符合厲王十一年九月的曆朔，還有師穌父（共伯和）這個重要人物及宰琱生的活動，且有輔師嫠簋銘文爲之佐證，故定其爲厲王十一年最合適。

參考文獻

〔1〕郭沫若：《兩周金文辭大系圖錄考釋》第 315 頁，《郭沫若全集·考古編》第八卷，科學出版社 2002 年。

〔2〕葉正渤：《厲王紀年銅器銘文及相關問題研究》，中華書局《古文字研究》第二十六輯；《共和行政與所謂共和器的考察》，《紀念徐中舒先生誕辰 110 週年國際學術研討會論文集》第 162 頁，巴蜀書社 2010 年；收入葉正渤：《金文標準器銘文綜合研究》，第 39 頁，線裝書局 2010 年。

〔3〕馬承源：《商周青銅器銘文選（三）》第 265 頁，文物出版社 1988 年。

〔4〕陳夢家：《西周銅器斷代》第 237 頁，中華書局 2004 年。

〔5〕葉正渤：《共和行政與所謂共和器的考察》，《紀念徐中舒先生誕辰 110 週年國際學術研討會論文集》第 162 頁，巴蜀書社 2010 年；葉正渤：《金文標準器銘文綜合研究》第 39 頁，線裝書局 2010 年。

伯克壺銘文

伯克壺，器形是摹本，銘文也是摹本。見《集成補》第六冊第 5114 頁第 9725。又稱伯克尊。

銘文

參考釋文

隹（唯）十又六年七月既生霸乙未，伯大師易（錫）伯克僕卅夫。①伯克敢對揚天君王伯友（賄），用作朕穆考後仲奠庸（墉）。②克用匃眉壽無疆，克克其子=孫=永寶用享。③

考釋

① 唯十又六年七月既生霸乙未，既生霸是初九，干支是乙未（32），則某王十六年七月是丁亥（24）朔。伯太師，伯，人名；太師，職官名。伯克，克是人名，伯是其排行。僕，當指家奴、奴隸。卅夫，三十人。

② 天君王伯友（賄），本句銘文對揚的對象稱謂與其他銘文不同，疑天君王與伯是同位語，指同一個人，天君王是就國家而言，伯是就宗族而言的，則伯克是天子的子侄輩。友，讀作賄，根據銘文有賞賜義。穆考後仲，穆考，亡父之稱；後仲，穆考之名。奠庸，祭祀用的墉（器皿）。本器有稱其為尊，有稱其為壺，就其器形圖來看當是壺。

③ 匄，祈、祈求。眉壽，長壽。克克，疑衍一「克」字，不是重文。

王世與曆朔

吳其昌曰：「此尊與下克鐘、克敦、克簋、克鼎，同為一人所鑄之器。此鼎作於十六年七月，克鐘作於十六年九月，克敦、克簋作於十八年十二月，克鼎作於二十三年九月，正相銜接。於十六年七月之既生霸中，須有乙未；九月初吉中，須有庚寅；十八年十二月之既望中，須有庚寅；三者皆吻合不牾，則無論如何，是王必為厲王，決不可易。不必推勘字體，然後知為厲王時也。」[1]

吳其昌採用一月四分說，所以，在每個月相名之中他認為都應包含幾日。本文研究認為，月相詞語是定點的，每個月相名特指太陰月中某一日。根據銘文所記月相詞語和干支推算曆朔且與曆表、曆譜比勘時，可能會出現一二日的誤差。這是正常的，就像十五的月亮有時十七圓一樣，是曆法先天二日的結果，屬正常現象。但是，誤差決不允許有三日（含當日是四日）及以上。否則，推算的結果就不合曆，就不可信。吳其昌說伯克尊（壺）與克鐘、克鼎、克盨等器是同一人所鑄，且銘文所記曆日相銜接。其實，未必然也。

銘文「唯十有六年七月既生霸乙未」，既生霸是初九，干支是乙未（32），則某王十六年七月是丁亥（24）朔。按照大小月相間的曆法常識排比干支表，十六年九月只能是丙戌（23）朔，而不可能是庚寅（27）朔。說明伯克壺銘文所記曆日與克鐘銘文所記不相銜接，表明伯克壺與克鐘銘文之十六年不可能屬於同一王世，也不可能是同一人所鑄之器。筆者曾研究認為，伯克壺銘文所記十六年七月丁亥（24）朔，屬王十六年（前863年）七月張表、董譜皆是丁亥（24）朔，與銘文完全合曆，[2] 說明伯克壺銘文所記曆日就是屬王十六年七月的曆朔。

有人把伯克壺銘文隸作十六年十月既生霸乙未，核對銘文摹本，應是七字。這是把金文十當作戰國以後的十（拾）字來看待，其實金文十是七字，這是研究古文字的人都知道的。

　　至於克鐘、克盨銘文所記曆日，本文研究認爲皆不符合屬王世的曆朔。克鐘與克鼎、克盨銘文的曆日關係，本文研究發現克盨銘文所記月相詞語有誤，校正後才與克鐘銘文所記曆日相銜接，符合宣王世的曆朔。詳見《克盨銘文曆朔研究》一節。

參考文獻

〔1〕吳其昌：《金文曆朔疏證》，《燕京學報》第六期，第 1047～1128 頁，1929 年。

〔2〕葉正渤：《金文月相紀時法研究》第 185 頁，學苑出版社 2005 年。

此鼎、此簋銘文

　　1975 年陝西省岐山縣董家村西周 1 號窖藏出土。這批共出土 37 件青銅器，保存完好。這批銅器不是一個王世之物，從穆王世到宣王末世、幽王初。其中重要的有廿七年衛簋、三年衛盉、五祀衛鼎、公臣鼎、此鼎、此簋、儞匜等。此鼎三件，形制、紋飾全同，大小相次，應是列鼎。立耳，蹄足，圜底，口沿平外折。口沿下飾陽弦紋兩道，腹部素面。此鼎甲、丙內壁各鑄銘文 11 行 111 字，重文 1。此鼎乙內壁鑄銘文 10 行 112 字，重文 2。三件鼎銘文內容相同。

　　同出此簋八件，器型、紋飾、銘文相同，大小略異。鼓腹，弇口，有蓋，蓋冠作圈狀，獸首耳，有珥，圈足下有三個獸面扁足。口沿下飾重環紋，腹飾瓦紋，蓋也飾重環紋和瓦紋。此鼎和此簋的造型、紋飾是西周晚期屬王、宣王時期流行的形式。器內底和蓋內各鑄銘文 10 行 112 字，重文 2。銘文與此鼎相同。現藏岐山縣博物館。[1]（集成補：P1491～1493 2821～2823）

銘文（上此鼎甲、下此簋之一）

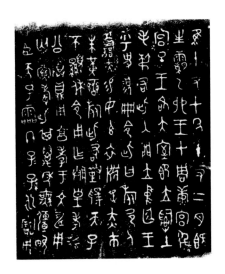

參考釋文

隹（唯）十又（有）七年十又二月既生霸乙卯，①王才（在）周康宮徲（夷）宮。②旦，王各（格）大（太）室，即立（位）。嗣（司）土（徒）毛弔（叔）右（佑）此入門，立中廷（庭）。③王乎（呼）史翏冊令（命）此曰：「旅邑人、善（膳）夫，易（錫）女（汝）玄衣、黹屯（純）、赤市（韍）、朱黃（衡）、鸞旅（旂）。」④此敢對揚天子不（丕）顯休令（命），用乍（作）朕皇考癸公奠鼎（鼎），用畣（享）孝於文申（神），用匄眉壽。⑤此其萬年無疆，畍（畯）臣天子霝（令）冬（終），⑥子＝孫＝永寶用。

考釋

① 唯十又（有）七年十又（有）二月既生霸乙卯，本句銘文「唯」字下無「王」字，是西周晚期銅器銘文中才出現的紀年方式。又，讀作有，銘文和傳世文獻裏常這樣用。十七年十二月，這是某王的紀年。既生霸，月相詞語，筆者研究認為是太陰月的初九，上弦月，此時月光已經能照見地上的人影，故曰既生霸，霸指月光。月相詞語是定點的，而不是轄幾日的。乙卯，干支紀日。我國古代很早就發明了用十天干配十二地支來紀日的干支，即所謂的六十甲子。《世本》：「容成造曆，大橈作甲子。」據傳公元前 2697 年，黃帝命大橈用干支紀年，並定此年為黃帝元年，甲子為始元。到戰國中晚期又用干支紀年，此後一直沿用至民國初年。孫中山任大總統時，始改用公元紀年紀日，

從公元 1912 年 1 月 1 日起。

② 王在周康宮徲（夷）宮，據朱駿聲和唐蘭說，周指周公營建雒邑而建的王城，
在雒邑西北二十里地，成周則是在雒邑東北二十里地，兩地相距十八里。銘文
中最早出現「康宮」一詞是矢令方彝，銘文曰：「甲申，明公用牲於京宮。乙酉，
用牲於康宮。咸。既用牲於王，明公歸自王。」郭沫若、陳夢家等學者定矢令
方彝屬於成王時器。陳夢家說：「學者因見此器有康宮，以爲康王之廟，則器應
作於康王之後。此說蓋不明於古代宮廟的分別。」又說：「宮與廟是有分別的。
宮、寢、室、家等是生人所住的地方，廟、宗、宗室等是人們設爲先祖鬼神之
位的地方。」是周王見臣工之所。[2] 但是，羅振玉、王國維等人認爲康宮乃是
康王之廟，尤其是唐蘭力主康宮是康王之廟說，專門撰寫了《西周銅器斷代中
的「康宮」問題》申辯自己的主張。[3] 此後，唐蘭的觀點遂爲大多數學者所接
受，並成爲西周銅器銘文歷史斷代的一條重要標準。但是，後之學者也有人對
「康宮」是康王之廟說提出質疑。例如杜勇、沈長雲在《金文斷代方法探微》
一書中用了一章的篇幅來辨析之，提出「康宮」並非康王之廟，因爲矢令方彝
屬於成王時器，成王時代是不可能有康王之廟的。認爲「康宮或康某宮的主要
功能當爲周王的寢宮，以供時王居住並處理政務。」「康宮一名既可指成康以來
的舊有建築，也可作爲總名涵括新宮之類的其他建築。」[4]

筆者以爲，銘文中最早出現「康宮」一詞是西周成王時期的矢令方彝，成
王是康王之父，所以康宮未必就是康王之廟，康宮乃是西周初年建的一座規模
較大的宗廟建築群。之所以名其宮曰康宮，康者，寧也、安也、樂也、宏大也。
《爾雅・釋詁》：「康，樂也。」《詩・唐風》「無已大康」，《周頌》「迄用康年」。
又《爾雅・釋詁》：「康，安也。」《書・益稷》「庶事康哉」，《洪範》「五福，三
曰康寧。」又《爾雅・釋宮》：「五達謂之康，六達謂之莊。」《疏》引孫炎曰：
「康，樂也，交會樂道也。」《釋名》：「五達曰康。康，昌也，昌盛也，車步併
列並用之，言充盛也。」《列子・仲尼篇》「堯遊於康衢。」康衢，猶言康莊大
道也。《謚法》：「淵源流通曰康，溫柔好樂曰康，令民安樂曰康。」所以，康宮
者，美其宮室之名也，猶如後世之阿房宮、長樂宮、未央宮、甘泉宮、興德宮、
大明宮、景陽宮、乾清宮之類也。

徲（夷）宮，徲字從彳犀聲，或是遅字之異體，西周銘文中是夷王的專用
字。犀（xī），《說文》：「犀遅也。從尸辛聲。」犀遅，遊息也。康宮夷宮，位
於康宮建築群裏面供奉夷王神主的廟室，但康宮不一定就是康王之廟。

③ 嗣土，即司徒。毛弔（叔），人名，擔任司徒之職。右，儐佑，導引者。

④ 史籙冊令（命）此，籙，人名，擔任史之職。夏含夷說，籙通籀，史籙和史籀是一個人，即周宣王時期的太史籀。[5] 此，人名，受王冊命者，也是作器者。旅邑人、善（膳）夫，旅，外出在外之人。旅邑人，可能指讓此負責邑人兼任膳夫。善（膳）夫，負責王膳食之官。以下是王賞賜給此的品物。玄衣，黑色的衣服；黹純，繡著花邊的衣服。赤市，紅色蔽飾。朱黃，即朱璜，紅色玉腰佩。鑾旂，即鸞旗，繡有鸞鳳等圖案的旗幟。

⑤ 用喜（享）孝於文申（神），用匄眉壽，享孝，猶祭祀，同義連用。文，溢美之詞。申，神字的初文。匄，祈求。眉壽，古人云有豪眉秀出者，乃長壽之相。

⑥ 畯（駿）臣天子霝（令）冬（終），畯，駿字的初文，本義是農夫，引申為長也、久也。臣，臣事、服事。天子，指周王。霝，通令，善也。冬，終字的初文，善終也。

王世與曆朔

　　此鼎、此簋的造型、紋飾是西周宣王時期流行的型式，籙是宣王時期的史官，見於無叀鼎。因此，發掘報告定其為宣王時器。[6] 學界或以為是宣王時器，夏含夷則根據此鼎銘文的曆日記載，認為與宣王時曆法不合，而合於厲王時的曆法。但是，他認為厲王在位沒有《史記》所記的 37 年之久。[7] 最終又否定了厲王世之說。

　　筆者根據多年來研究金文月相紀時法的收穫，認為西周金文月相詞語紀時是定點的，各指太陰月中明確而又固定的一日。就本篇銘文來說，既生霸指初九。銘文「唯十又七年十又二月既生霸乙卯」，既生霸是初九，干支是乙卯（52），則十二月應是丁未（44）朔。筆者研究認為，厲王在位是三十七年，但厲王紀年是五十一年，含共和行政的十四年在內，厲王元年是前 878 年。[8] 據此推算，厲王十七年是前 862 年。現以張表和董譜驗證如下。[9]

　　厲王十七年是前 862 年，該年十二月張表是己酉（46）朔，銘文丁未（44）遲二日合曆。董譜是己卯（16）朔，錯月是己酉（46）朔，銘文錯月又遲二日合曆。

　　下面我們再以宣王時的曆朔進行驗證，看結果如何？宣王元年是前 827 年，宣王十七年是前 811 年。

　　此鼎：十二月丁未（44）朔；

　　張表：公元前 811 年十二月癸未（20）朔；

董譜：公元前 811 年十二月癸未（20）朔，閏月壬子（49）朔。

癸未（20）與丁未（44）相距 24 日，顯然不合曆。所以，從曆法的角度來看，此鼎、此簋銘文所記曆日絕對不符合宣王十七年十二月的曆朔。

目前通行的說法定厲王元年爲前 877 年，則厲王十七年就是前 861 年。[10]

此鼎：前 862 年十二月丁未（44）朔；

張表：前 861 年十二月癸酉（10）朔，錯月是癸卯（40）朔；

董譜：前 861 年十二月癸酉（10）朔，錯月是癸卯（40）朔。

前 861 年十二月張表與董譜都是癸酉（10）朔，癸酉（10）與丁未（44）相差三十四日或二十七日，怎麼算都明顯不合曆。錯月是癸卯（40）朔，與銘文丁未（44）朔含當日也相差五日，顯然不合曆。可見，通行的說法定厲王元年爲前 877 年是大有問題的。此鼎銘文曆日又與宣王世的曆法亦不合，但據器型、紋飾等要素來看，此鼎、此簋應該屬於西周晚期的器物，又有史翏這個供職於西周晚期的史官，所以，此鼎、此簋銘文所記曆朔符合厲王十七年十二月的曆朔，即前 862 年 12 月實際是丁未（44）朔。

參考文獻

〔1〕岐山縣文化館：龐懷靖，陝西省文管會：鎭烽、忠如、志儒，《陝西省岐山縣董家村西周銅器窖穴發掘簡報》，《文物》，1976 年第 5 期。

〔2〕陳夢家：《西周銅器斷代》第 36 頁，中華書局 2004 年版。

〔3〕唐蘭：《西周銅器斷代中的「康宮」問題》，《考古學報》1962 年第 1 期，《古文字研究》第二輯。

〔4〕杜勇、沈長雲：《金文斷代方法探微》第 102、103 頁，人民出版社 2002 年版。

〔5〕夏含夷：《此鼎銘文與西周晚期年代考》，載朱鳳瀚、張榮明：《西周諸王年代研究》第 248 頁，貴州人民出版社 1998 年版。

〔6〕岐山縣文化館：龐懷靖，陝西省文管會：鎭烽、忠如、志儒，《陝西省岐山縣董家村西周銅器窖穴發掘簡報》，《文物》，1976 年第 5 期。

〔7〕夏含夷：《此鼎銘文與西周晚期年代考》，載朱鳳瀚、張榮明：《西周諸王年代研究》第 248 頁，貴州人民出版社 1998 年版。

〔8〕葉正渤：《厲王紀年銅器銘文及相關問題研究》，《古文字研究》第 26 輯，中華書局 2006 年；《從曆法的角度看逨鼎諸器及晉侯穌鐘的時代》，《史學月刊》2007 年第 12 期。

〔9〕張培瑜：《中國先秦史曆表》，齊魯書社 1987；董作賓：《西周年曆譜》，《董作賓先生全集》甲編第一冊，臺北藝文印書館 1978。

〔10〕《夏商周斷代工程 1996～2000 年階段成果報告（簡本）》，世界圖書出版公司 2000 年版。

鬲比盨銘文

鬲比盨，同時出土有三件器物，一件鼎，即鬲攸比鼎；一件五字盨，稱攸鬲盨；另一件即本器鬲（鬲）比盨。陳夢家說，「兩盨花紋形制相同，而鼎與盨皆有鱗紋。」[1]（集成補：第 2870 頁，第 4466 號。）

銘文

參考釋文

隹（唯）王廿又五年七月既〔望□□（戊寅），王〕在永師田宮。①令小臣成友（賄）逆哩□、內史無𢆶大史𣂷曰：「章毕（厥）會夫皂鬲比田，其邑□、□、□，復友（賄）鬲比其田，其邑復、慫言二邑叟（歸）鬲比。②復毕（厥）小官皂鬲比田，其邑彶罘句商兒罘𤙍，弋（載）復限餘（賒）鬲比田，其邑競、槲、才三邑，州、瀘二邑，凡復友（賄）。③復友（賄）鬲比曰〔田〕十又三邑。毕（厥）右鬲比、善夫克。」④鬲比作朕皇且（祖）丁公、文考叀公盨，其子=孫=永寶用。⑤

考釋

郭沫若曰：「此銘至難通讀，細審殆是章、復兩人與同日以邑里與鬲比交

換，王命史官典錄其事，胥比復自作器以記之。」[2] 復，或隸作良。細審字
形，當是復字。金文復字從畗從夂，《說文》：「復，往來也。從彳復聲。」從
夂，正是往來之義。復、复古今字。

① 唯王廿又五年七月既〔望口口（戊寅）〕，七月之後僅剩一既字，據文意補望
字，又缺干支字，根據推算補「戊寅」二字。既望是十四日，干支是戊寅（15），
則某王二十五年七月是乙丑（2）朔。永師田宮，宮殿名；永師，根據語法關
係當是地名。

② 小臣，職官名，從西周銅器銘文來看，其地位不低。成，人名，擔任小臣之
職。友，讀作賄，有還付、貸賄之義。逆，迎也。下一字不清晰，右邊是里，
或即哩字；哩口，疑是地名。內史，職官名，銘文或稱作作冊內史。無㝬，
郭沫若說此器內史無㝬與無㝬簋銘文裏的無㝬必係一人。其說可從。陳夢家說
無㝬與小克鼎銘文裏的善夫克皆稱「朕皇祖釐季」，則善夫克與無㝬同祖。大
史，太史，職官名。濾，疑從疒、（界）聲，字書所無。銘文濾是人名，擔任
太史之職。章，人名。亝（厥），讀作其，義同之，這。下一字疑是會字，與
夫字連讀，應是職官名或人名。弔，其字從小圈從毛或父，字書所無，郭沫
若說兩弔是動詞，當即釣之古字，有交易之義。鬲，從鬲從牛，或讀作 gé，《說
文》所無，陳夢家隸作鬲。鬲比，人名，鬲攸比鼎銘文作鬲攸比，當是同一人。
鬲攸比鼎作於屬王三十一年，則鬲比簋當作於屬王二十五年。說見下文。田，
此指田地。邑，《說文》：「國也。從口；先王之制，尊卑有大小，從卪。」口，
表示人居住的範圍，象城池、城牆之形；卪，是人的變形，表示口中居住的
是人。會意字。甲骨卜辭和銅器銘文等上古文獻裏表示國家，如夏邑，大邑
商、新邑（雒邑）等，先秦時期也表示小城鎮。下文三個字不清晰，是給鬲比
的幾個邑名。復、慈言，二邑名。慈，從心䒸聲，字書所無，銘文是地名。臾，
郭沫若說當是鬼字之異文，讀為歸，饋也。

③ 彶、句商兒、䜌，三個邑名。弋，通載，語詞。限余，郭沫若說當是限賒，言
付以期限假借也。競、椝、才，也是三個邑名。州、瀘，二邑名，此次交易合
計十又三邑。

④ 亝，讀作厥，其，代指契券；右，右半。大意是契券其右半歸鬲比、善夫克保
存。

⑤ 鬲比作朕皇且（祖）丁公、文考叀公，此是為二代人作器。盨，古代盛食物的
器皿，長方形，四角圓，有蓋，介於簋和簠之間，兩耳，圈足或四足。𢏚，族
徽符號。

另一件攸鬲盨，銘文只有五個字，曰「攸鬲作旅盨」。

王世與曆朔

郭沫若定鬲比盨爲厲王時器，陳夢家定爲夷王時器，吳其昌定本器與鬲比鼎爲厲王時器。鬲比鑄有幾件相關的器物，鬲攸比鼎，銘文曰：「唯卅又一年三月初吉壬辰，王在周康宮䢞大室，鬲比以攸衛牧告於王……」，筆者考察其曆日完全符合厲王三十一年三月的曆朔。又，鬲比簋蓋，銘文與鼎兩器銘文所記曆日完全相同，當是同一天所鑄之器。

鬲比盨銘文「唯王廿又五年七月既〔望口口（戊寅）〕」，吳其昌以爲所缺干支是既望「丙寅」（3），[3] 筆者曾考定鬲比盨銘文所記曆日爲厲王二十五年七月既望戊寅（15），[4] 既望是十四日，則厲王二十五年（前 854 年）七月是乙丑（2）朔。張表、董譜正是乙丑（2）朔，與銘文完全合曆。若按吳其昌既望丙寅（3）之說，既望是十四日，則二十五年七月就是癸丑（50）朔，癸丑（50）距乙丑（2）含當日相距十三日，完全不合曆。可見鬲比盨銘文「唯王廿又五年七月既〔望口口（戊寅）〕」所缺干支的確是「既望戊寅」，銘文所記曆日符合厲王二十五年（前 854 年）七月的曆朔。

參考文獻

〔1〕陳夢家：《西周銅器斷代》第 267 頁，中華書局 2004 年。

〔2〕郭沫若：《兩周金文辭大系圖錄考釋》第 266 頁，《郭沫若全集·考古編》卷八，科學出版社 2002 年。

〔3〕吳其昌：《金文曆朔疏證》，《燕京學報》第六期，第 1047～1128 頁，1929 年。

〔4〕葉正渤：《金文月相紀時法研究》第 186 頁，學苑出版社 2005 年。

番匊生壺銘文

番匊生壺，1927 年被陝西軍閥黨玉琨的手下所盜出土。圓形，高束頸，寬垂腹，通體布滿了水波一樣的花紋，壺的頸部還特別鑄有兩隻口銜細環的夔龍作爲壺耳。壺身沒有過多繁複的紋飾。蓋內鑄銘文 32 字，其中重文 2。

銘文

參考釋文

隹（唯）廿又六年十月初吉己卯，番匊生鑄賸（媵）壺，用賸（媵）
氒（厥）元子孟妃乖，子子孫孫永寶用。

考釋

唯廿又六年十月初吉己卯，初吉是初一朔，干支是己卯（16），則某王二十六年十月是己卯朔。番匊生，人名，作器者。郭沫若說：「此番匊生即番生，匊與生一字一名也。匊讀爲鞠育之鞠，故名生字匊。」[1] 賸，讀作媵，陪嫁、隨嫁。《儀禮·士昏禮》鄭注：「古者嫁女，必娣姪從之，謂之媵。」壺，青銅製成的一種有提梁有嘴的盛酒器具。深腹，斂口，多爲圓形，也有方形、橢圓等形狀。氒，讀作厥，其也。元子，長子。孟妃，人名。乖，郭沫若謂是（孟妃）名，假爲環褘字。

王世與曆朔

郭沫若將其置於厲王世。厲王元年是前 878 年，則厲王二十六年是前 853 年。銘文「唯廿又六年十月初吉己卯」，初吉是初一朔，干支是己卯（16），則某王二十六年十月是己卯朔。前 853 年十月張表是丁巳（54）朔，董譜是戊午（55）朔。錯月張表是丁亥（24），董譜是戊子（25）朔，與銘文己卯（16）朔含當日相差九日或十日，明顯不合曆。宣王二十六年是前 802 年，該年十月張表是壬戌（59）朔，錯月是壬辰（29）朔，董譜是辛卯（28）朔，與銘文己卯

（16）朔也有十數日之差，皆不合曆。可見番匊生壺銘文所記曆日既不是厲王二十六年十月的曆朔，也不是宣王二十六年十月的曆朔。

馬承源主編的《銘文選》說，「番匊生壺的外形制與十三年及三年瘋壺完全一致，紋飾的風格也基本相同，諸如壺蓋上的弦紋和垂耳上的獸頭形狀等細部也很相似，說明兩者相隔的時間不應過久。又，番生簋紋飾爲回頭的大鈎啄鳥紋，是典型的西周中期式樣，這也可以左證壺爲西周中期之器。」所以，馬承源認爲「此紀年爲西周孝王廿六年十月初吉己卯日。」又說，「查《年表》孝王廿六年爲公元前八九九年，十月乙卯朔而不是己卯朔。此外，於厲王、宣王之紀年干支亦並皆不合，今仍置於孝王之世。」[2]但是，前899年按目前通行的說法是懿王元年，而不是馬承源所說的孝王廿六年。下面也來驗證一下，看是否合曆。

前899年十月，張表是乙卯（52）朔，董譜同，錯月是乙酉（22）朔，乙酉與銘文十月己卯（16）朔含當日相差七日，顯然不合曆。這至少說明番匊生壺銘文所記不是前899年十月的曆朔。

番匊生壺是厲王時器已無大錯，但是曆法又不合，且與通行的說法其他王世的曆朔也不合曆。本文覺得會不會銘文「唯廿又六年十月初吉己卯」是初吉己丑（26）之誤記呢？若是，則完全符合厲王二十六年十月的曆朔。初吉是初一朔，設干支是己丑（26），則某王二十六年十月是己丑朔。厲王二十六年是前853年，該年十月張表是丁巳（54）朔，錯月是丁亥（24）朔，丁亥比銘文己丑（26）朔遲二日合曆。董譜是戊午（55）朔，錯月是戊子（25）朔，比銘文遲一日合曆。這樣，番匊生壺銘文所記曆日便有著落。誤記月相詞語和干支的現象在銘文中是存在的，且己卯和己丑在豎排干支表上是緊挨著的，史官看錯行也極有可能。

此外，番匊生還鑄有番生簋一件，可惜沒有曆日記載，郭沫若也將其置於厲王之世，曰：「此銘文辭字體與叔向父簋極相似，與毛公鼎、大克鼎等之格調亦相彷彿，其爲厲世器無疑。余謂《十月篇》之『番維司徒』即此番生。」[3]周增光曰：北京師範大學文物博物館收藏有一隻原斷爲商代的青銅圓鼎，但筆者認爲，其應與現藏美國舊金山亞洲藝術博物館的番匊生壺屬同一套青銅禮器，是西周中晚期的青銅器，應更其名曰「番匊生鼎」，具體考察其年代，應可定爲厲王世。[4]校正後番匊生壺銘文所記曆日符合厲王二十六年十月的曆朔，

那麼，周增光所說的番匊生鼎當然也應屬於厲王世。

參考文獻

〔1〕郭沫若：《兩周金文辭大系圖錄考釋》第 285 頁，《郭沫若全集·考古編》卷八，科學出版社 2002 年。

〔2〕馬承源主編：《商周青銅器銘文選》第 224 頁，文物出版社 1988 年。

〔3〕郭沫若：《兩周金文辭大系圖錄考釋》第 283 頁，《郭沫若全集·考古編》卷八，科學出版社 2002 年。

〔4〕周增光：《發現番匊生鼎》，《文物春秋》2007 年第 6 期。據論文網。

伊簋銘文

伊簋，弇口鼓腹，獸首雙耳，下有象鼻紋垂珥，矮圈足弇外侈，連鑄三個獸面扁足。器口下飾竊曲紋，腹飾瓦紋，圈足飾垂鱗紋。內鑄銘文 103 字。

銘文

參考釋文

隹（唯）王廿又七年正月既朢丁亥，王才（在）周康宮。①旦，王各（格）穆大（太）室，即立（位）。酈（申）季內（入）右（佑）伊，立（中）廷（庭），北鄉（向）。②王乎（呼）命尹封冊令（命）伊：「𠫑（攝）官嗣（司）康宮王臣妾、百工，易（錫）女（汝）

赤市（韍）、幽黃（衡）、絲（鑾）旂，攸（鋚）勒。用事。」③伊
拜手頴（稽）首，對昜（揚）天子休。伊用乍（作）朕不（丕）顯
皇且（祖）、文考徥弔（叔）寶鼎彝。④伊其萬年無彊（疆），子=
孫=永寶用亯（享）。

考釋

① 唯王廿又七年正月既朢丁亥，既望是十四日，干支是丁亥（24），則某王廿又
   七年正月是甲戌（11）朔。周康宮，位於周的康宮。據朱駿聲和唐蘭說，周
   指周公營建的雒邑西北二十里地的王城，成周則是在雒邑的東北二十里。康
   宮不專指康王之廟。銘文中最早出現「康宮」一詞是矢令方彝，銘文曰：「甲
   申，明公用牲於京宮。乙酉，用牲於康宮。咸。既用牲於王，明公歸自王。」
   郭沫若、陳夢家等學者定矢令方彝屬於成王時器。成王是康王之父，所以康
   宮未必就是康王之廟，康宮乃是西周初年建的一座規模較大的建築群。之所
   以名其宮曰康宮，康者，寧也、安也、樂也、宏大也。《爾雅·釋詁》：「康，
   樂也。」《詩·唐風》「無已大康」，《周頌》「迄用康年」。又《爾雅·釋詁》：
   「康，安也。」《書·益稷》「庶事康哉」，《洪範》「五福，三曰康寧。」又《爾
   雅·釋宮》：「五達謂之康，六達謂之莊。」《疏》引孫炎曰：「康，樂也，交
   會樂道也。」《釋名》：「五達曰康。康，昌也，昌盛也，車步併列並用之，言
   充盛也。」《列子·仲尼篇》「堯遊於康衢。」康衢，猶言康莊大道也。《謚法》：
   「淵源流通曰康，溫柔好樂曰康，令民安樂曰康。」所以，康宮者，美其宮
   室之謂也。

② 𤔲，此字銘文中常見，一般釋作緟或申，申季，人名，擔任儐相。也見於大克
   鼎銘文，也擔任儐相。右，讀作佑，導引者，即儐相。伊，人名，本次受王冊
   封者，也是作器者。

③ 𤔲，此字銘文中常見，郭沫若讀作攝，攝司，執掌、掌管、負責。官嗣（司），
   猶言攝司，掌管、負責。康宮王臣妾、百工，康宮裏面王所直屬的臣妾、百
   工。本句與六年宰獸簋銘文很相似，曰：「𢼸（攝）嗣（司）康宮、王家、臣
   妾、夏（僕）章（庸），外入（內）毌（毋）敢無聞（聞）曆（知）。易（錫）
   女（汝）赤市、幽亢、叒（攸）勒。用事。」其字體與六年宰獸簋銘文亦極相
   似，都很清秀。赤市，即赤韍，紅色蔽飾。幽亢，幽珩，黑色玉佩。叒（攸）
   勒，馬籠頭。用事，西周中晚期銘文中常見之語，義爲用於職事。

④ 文考徥弔（叔），伊的亡父徥叔。叔，排行第三。

王世與曆朔

　　吳其昌曰：「厲王二十七年（前 852 年）正月小，甲申朔；初吉四日得丁亥。『初吉』偶誤範爲『既望』。說詳《考異二》。」[1] 吳其昌信從「一月四分說」，所以他說「初吉四日得丁亥」。筆者研究認爲，月相詞語都是定點的，各指太陰月中明確而又固定之一日。初吉是初一朔日。吳其昌以伊簋屬於厲王二十七年正月，且又認爲月相詞語「既望」是「初吉」之誤記。下面來驗證一下，看結果如何。

　　按照吳其昌的說法，銘文「唯王廿又七年正月既朢丁亥」是「正月初吉丁亥」之誤記，初吉是初一朔，則厲王二十七年正月應該是丁亥（24）朔。厲王二十七年（前 852 年）正月，張表正是丁亥朔，完全合曆，同時證明初吉就是初一朔。董譜是丙戌（23）朔，比銘文丁亥（24）朔遲一日合曆，證明吳其昌之說符合厲王二十七年正月的曆朔。

　　伊簋銘文中有申季這個人物，擔任右者（儐相）。此人也見於大克鼎銘文，也擔任儐相。因此郭沫若把伊簋置於厲王之世，[2] 彭裕商則根據器形紋飾等要素把伊簋列入宣王之世。[3]

　　如果伊簋銘文月相詞語並沒有誤記，那麼銘文「唯王廿又七年正月既朢丁亥」，既望是十四日，干支是丁亥（24），則某王廿又七年正月是甲戌（11）朔。厲王二十七年（前 852 年）正月，張表是丁亥（24）朔，董譜是丙戌（23）朔，銘文甲戌（11）朔與曆表相距十三四日，顯然不合曆。相差十三四日，正是既望所逢的日序。所以，吳其昌之說很有可能。

　　宣王二十七年（前 801 年）正月，張表是庚申（57）朔，董譜同，錯月是庚寅（27）朔，與銘文甲戌（11）朔含當日也相差十七日，所以也不合曆。可見伊簋銘文月相詞語如果沒有誤記，那麼就既不符合厲王二十七年正月的曆朔，也不符合宣王二十七年正月的曆朔。有人把伊簋置於西周中期偏早的穆王之世，但有人又覺得不夠穩妥。從銘文字體風格角度看，似應屬於西周中晚期。且比勘曆表和曆譜，與其他王世的曆朔亦多齟齬。所以，吳其昌說銘文「正月既望丁亥」是「正月初吉丁亥」的誤記看來是可信的。校正後伊簋銘文所記曆日符合厲王二十七年（前 852 年）正月的曆朔。

參考文獻

〔1〕吳其昌：《金文曆朔疏證》，《燕京學報》第六期，第 1047～1128 頁，1929 年。

〔2〕郭沫若：《兩周金文辭大系圖錄考釋》第 268 頁，《郭沫若全集·考古編》卷八，科學出版社 2002 年。

〔3〕彭裕商：《西周青銅器年代綜合研究》第 459 頁，巴蜀書社 2003 年。

袁盤銘文

　　袁盤，平沿方唇，兩附耳高出器口，圈足外撇，下腹收斂。口沿下飾大小相同的重環紋，圈足飾環帶紋。內底鑄銘文 103 字，其中重文 2。(《圖象集成》29-591)

銘文

參考釋文

　　隹（唯）廿又八年五月既望庚寅，王在周康穆宮。①旦，王各（格）大室，即立（位）。宰郡右袁入門立中廷（庭）北向（向），史𣄸受（授）王令（命）書，乎（呼）史減冊，易（錫）袁玄衣、黹屯（純）、赤市、朱黃、絲（鸞）旂、攸勒、戈琱𢦏𢎍必（柲）彤沙。②袁拜稽首，敢對揚天子不（丕）顯叚（嘏）休令（命），用乍（作）朕皇考奠（鄭）白（伯）奠（鄭）姬寶般（盤），③袁其萬年子₌孫₌永寶用。

考釋

① 唯廿又八年五月既望庚寅，既望是十四日，干支是庚寅（27），則某王廿又八年五月是丁丑（14）朔。周康穆宮，當是位於康宮（建築群）裏面供奉穆王神主（牌位）的宮室。周，指成王遷都雒邑而建的王城，在雒邑西北，成周則是在王城以東約十八里。

② 宰，西周職官名，郡，當是人名，擔任宰之職。右，佑導，儐相。袤，人名，或隸作寰。郭沫若以爲與宣王時的師袤簋之袤是同一人。郭沫若曰：「此師袤余意即《小雅·采芑》篇之方叔，《詩》云：『蠢爾蠻荊，大邦爲仇。方叔元老，克壯其猶。方叔率止，執訊獲醜』，所言事跡與此相合。袤與方蓋一名一字也。袤叚爲圜，名圜而字方者乃名字對文之例，如沒字子明，偃字子犯之類。」[1] 史下一字𣪘是人名，字書所無。史減，人名，擔任史之職。又見於四十三年逨鼎辛銘文，可見其爲同時代之人。

以下是王賞賜給袤的品物，玄衣屯（純）黹，繡著花邊的黑色衣服。赤市，即赤韍，紅色蔽飾。朱黃，朱珩（衡），紅色玉佩。鷥（鸞）旗，繡有鸞鳥的旗幟。攸勒，馬籠頭。戈琱㦷骹必（柲）彤沙，有彩色裝飾物的戈。㦷，從戈肉，字書所無，當是戈上的某個裝飾部件。這些品物也見於厲王時期的逨盤、四十二年、四十三年逨鼎以及無叀簋、休盤等器銘文。

③ 叚，讀作嘏，福也。休，是美好的意思。奠，讀作鄭；鄭伯、鄭姬，是皇考及皇妣之名。般，讀作盤。

王世與曆朔

銘文「唯廿又八年五月既望庚寅，王在周康穆宮」，既望是十四日，干支是庚寅（27），則五月是丁丑（14）朔。吳其昌曰：「袤鼎：隹廿又八年，五月既望庚寅。袤盤：隹廿又八年，五月既望庚寅。按：厲王二十八年（前851年）五月大，丙子朔；十五日得庚寅。與曆譜朔望差一日。更以四分曆推之：……五月小，丙子朔；與三統曆同。」[2]

厲王二十八年（前851年）五月，張表是己卯（16）朔，銘文己丑（14）朔遲二日合曆。董譜該年五月是戊寅（15）朔，銘文遲一日相合。在研究銅器銘文曆法的專家們看來，這一二日之差是允許的。地點則與逨鼎銘相同，皆爲周康穆宮，又有史減這個史官。所以，袤盤可以認定爲厲王時期的器物。「夏商周斷代工程」簡報亦將其列入厲王二十八年時器。但是，目前通行的說法以前877年爲厲王元年，所以厲王二十八年就是前850年。而前850年

五月張表是癸卯（40）朔，董譜同，錯月是癸酉（10）朔，銘文丁丑（14）距癸酉（10）含當日相差五日，顯然不合曆。所以，通行的說法以前 877 年為厲王元年是欠妥的，不可信。

筆者將袁盤的曆法關係同宣王二十八年（前 800 年）相比勘，張表該年五月是壬子（49）朔，董譜同，壬子（49）距丁丑（14）含當日相差二十六日，也不合曆。所以，袁盤銘文所記曆日絕對不符合宣王世曆朔，只能是厲王二十八年五月的曆朔。[3]

此外，袁還鑄有一件師袁簋，其銘文無曆日記載。但是，根據其稱謂的不同可以看出袁盤之鑄在前，師袁簋之鑄在後。因為在袁盤銘文中只稱袁，而在師袁簋銘文中已稱師袁，並受王命率齊師、左右虎臣征淮夷。郭沫若置袁簋於宣王世，曰：「此與兮甲盤及召伯虎第二簋為同時之器，觀其文辭字體事跡即可以判之。蓋當時出征淮夷者不僅召伯虎一人。」袁盤銘文所記是厲王二十八年之事，而師袁簋銘文所記是宣王早期五六年之事，時隔約三十年。（按：筆者研究認為，厲王在位是三十七年，但厲王紀年含共和行政十四年在內是五十一年，下接宣王元年。就是說，共和雖行政，但並沒有改元，也沒有單獨紀年。[4]）兮甲盤銘文記宣王五年伐玁狁，召伯虎簋二銘文記宣王六年征淮夷告慶之事，皆在宣王早期，符合袁這個人物的事跡。

附：袁鼎銘文

隹（唯）廿又八年五月既望庚寅，王在周康穆宮。旦，王各（格）大室，即立（位）。宰郡右袁入門立中廷（庭）北向（向），史𢆶受（授）王令（命）書，乎（呼）史減冊，易（錫）袁玄衣、黹屯（純）、赤市、朱黃、綔（鑾）旂、攸勒、戈琱威骹必（柲）彤沙。袁拜稽首，敢對揚天子不（丕）顯叚（嘏）休令（命），用乍（作）朕皇考奠（鄭）白（伯）奠（鄭）姬寶般（盤），袁其萬年子=孫=永寶用。

銘文紀年紀時與袁盤銘文相同，考釋故從略。

參考文獻

〔1〕郭沫若：《兩周金文辭大系圖錄考釋》第 309 頁，科學出版社 1957 年。

〔2〕吳其昌：《金文曆朔疏證》，《燕京學報》第六期，第1047～1128頁，1929年。

〔3〕葉正渤：《金文標準器銘文綜合研究》第192頁，線裝書局2010年。

〔4〕葉正渤：《屬王紀年銅器銘文及相關問題研究》，《古文字研究》第26輯，中華書局2006年；《從曆法的角度看逨鼎諸器及晉侯穌鐘的時代》，《史學月刊》2007年第12期；葉正渤：《亦談晉侯穌編鐘銘文中的曆法關係及所屬時代》，《中原文物》2010年第5期；《西周共和行政與所謂共和器的考察》，《紀念徐中舒先生誕辰110週年學術研討會論文集》，巴蜀書社2010年；收入拙著《金文標準器銘文綜合研究》，線裝書局2010年。

鬲攸比鼎銘文

鬲攸比鼎，高15、8、口徑17、5寸。體呈半球形，折沿雙立耳，圜底三蹄足。口沿下飾大小相間的重環紋和一道弦紋。內壁鑄銘文10行102字（重文4）。器名學界一般隸作鬲攸從鼎，陳夢家隸作鬲攸比鼎。[1] 細審字形，當隸作比。「從」字人臉向左，象一人跟隨一人之形，即跟從。「比」字人臉向右，象兩人並肩之形，兩者截然不同。在甲骨、金文等古文字中，字的方向向左和向上表示前進方向。反之，表示向下或進入。如陟、降，出、各。又如，步，足趾向上，表示向前行等。

銘文

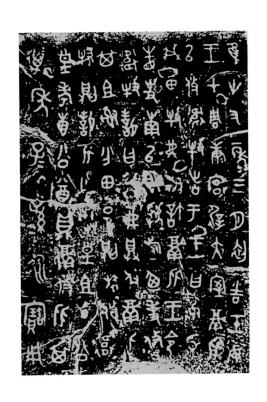

參考釋文

隹（唯）卅又一年三月初吉壬辰，王才（在）周康宮㝬大（太）室。①帚比以攸衛牧告於王，曰：「女（汝）覓我田，牧弗能許帚比。」②王令眚（省）。③史南以即虢旅，虢旅廼（乃）事（使）攸衛牧誓，④曰：「我弗具付帚匕（比）其且（租）射（謝）分田邑，則殺。」⑤攸衛牧則誓。比乍（作）朕皇且（祖）丁公、皇考惠（惠）公隩（奠）鼎。⑥帚攸比其萬年子=孫=永寶用。

考釋

① 唯卅又一年三月初吉壬辰，卅又一年，「一年」是合文，董作賓讀作卅又一年。[2] 陳夢家隸作卅又二年。初吉指初一朔，干支是壬辰（29），則某王三十一年三月是壬辰朔。周康宮㝬大室，位於周康宮的㝬太室。周，位於雒邑。據朱駿聲和唐蘭說，周指周公營建雒邑西北二十里地的王城，成周則是在雒邑的東北二十里。關於康宮問題，唐蘭在《西周銅器斷代中的「康宮」問題》一文中認爲康宮即康王之廟，主張「銅器上有了『康宮』的記載就一定在康王之後」，並以此作爲西周銅器斷代的一項標尺。[3] 自此以後，學界大多從之，當然也有人對此持不同意見。[4]

筆者以爲，康宮乃是西周初年建的一座規模較大的建築物。之所以名其宮曰康宮，康者，寧也、安也、樂也、宏大也。《爾雅·釋詁》：「康，樂也。」《詩·唐風》「無已大康」，《周頌》「迄用康年」。又《爾雅·釋詁》：「康，安也。」《書·益稷》「庶事康哉」，《洪範》「五福，三曰康寧。」又《爾雅·釋宮》：「五達謂之康，六達謂之莊。」《疏》引孫炎曰：「康，樂也，交會樂道也。」《釋名》：「五達曰康。康，昌也，昌盛也，車步併列並用之，言充盛也。」《列子·仲尼篇》「堯遊於康衢。」康衢，猶言康莊大道也。《諡法》：「淵源流通曰康，溫柔好樂曰康，令民安樂曰康。」所以，康宮者，美其宮室之名也，猶如後世之阿房宮、長樂宮、未央宮、甘泉宮、興德宮、大明宮、景陽宮、乾清宮之類也。

㝬（夷），銅器銘文中是夷王的專用字。康宮夷大室，位於康宮建築群裏面供奉夷王神主的廟室。

② 帚比，即作器者帚攸比，人名。帚，陳夢家隸作帚。攸衛牧，也是人名，在本篇銘文裏是被告。女（汝），此指被告攸衛牧，不能理解爲周王。覓，《說文》「購以財有所求也。」郭沫若說義當爲租借。我田，帚比的田。許，指履行合

約。弗能許，未履行合約。鬲比，此處代指與鬲比的合約。

③ 眚，《說文》：「目病生翳也。從目，生聲。」本義指眼睛生翳，引申指過錯。銘文通假爲省，省視，審察。

④ 史南，職官名，南是人名，擔任史之職。以，以王命。即，就也，趨向。虢旅，人名，當是史南的屬下。事，讀作使。在金文裏，事、使、吏，本是一個字，後分化爲三。廼，讀作乃，於是，連詞。誓，立誓。《說文》：「約束也。」段注：「《周禮》五戒：一曰誓。用之於軍旅。按：凡自表不食言之辭皆曰誓，亦約束之意也。」

⑤ 具付，全部付給。其，代指鬲比。且，讀作租，指租金。射分，讀作謝分，當指田賦。田邑，田地和房屋。殺，字跡不清，疑不是殺字。當是指如果我（攸衛牧）不履行合約，則情願接受處罰。字跡不清的這個字，當是表示某種處罰。從事理來講，即使攸衛牧沒有履行合約，也不至於殺頭。所以，則下一字不是殺字。

⑥ 朕，我，指鬲比。皇祖，大祖；丁公，鬲比皇祖之人名。皇考惠公，鬲比亡父之名。隣，讀作奠，祭也。

王世與曆朔

銘文「唯卅又一年三月初吉壬辰」，董作賓讀作卅又一年，陳夢家隸作卅又二年。初吉指初一朔，干支是壬辰（29），則某王三十一年三月是壬辰朔。吳其昌：「厲王三十一年，三月大，庚寅朔；初吉三日，適得壬辰。與曆譜合。」[5] 董作賓、郭沫若等也把本器定爲厲王時器。據《史記》記載推算，厲王元年是前878年，則厲王三十一年是前848年，該年三月張表正是壬辰（29）朔，董譜同，與銘文「唯卅又一年三月初吉壬辰」完全合曆，說明銘文是卅又一年三月，而不是卅又二年三月，且厲王元年的確是前878年，而不是前877年。筆者在《金文月相紀時法研究》一書中也把鬲攸比鼎定於厲王三十一年三月。[6]

陳夢家曰：「比所作一盨，早於鼎七年，亦記田地交割之事，善夫克參與其事。二十三年善夫克鼎之二十三年，是夷王二十三年，則比所作器之二十五年、三十二年乃在夷王之末。此鼎字體近於大小克鼎、虢叔旅鐘於克鐘約同時。」又曰：「鼎與盨皆作鱗紋。鼎的花紋形制同於毛公鼎及三十七年善夫

山鼎。」所以，陳夢家把本器定於夷王時期。夷王即位之年不確定，所以，無法驗證。筆者查檢張表和董譜，前 910 年三月皆是壬辰（29）朔。但是，前 910 年距厲王元年的 878 年有三十二年之久，如果該年是夷王三十二年的話，那麼夷王在位就有六十四年，這顯然不合史實。

此外，筆者又查檢宣王三十一年，即前 797 年，該年三月張表是丁卯（4）朔，董譜是丙寅（3）朔，與銘文三十一年三月初吉壬辰（29）相差二十五六日，顯然皆不合曆。所以，鬲攸比鼎銘文所記曆日非厲王三十一年三月莫屬，且厲王三十一年是前 848 年。

又，鬲攸比還鑄有一件盨。銘文曰：「唯王廿又五年七月既〔望口口，王〕在永師田宮……」，厲王二十五年是公元前 854 年，該年七月張表是乙丑（2）朔，董譜同。吳其昌以爲所缺干支是既望丙寅（3），[7] 筆者曾研究認爲銘文「唯王廿又五年七月既〔望口口〕」，既望之後所缺干支應該是戊寅（15），可據此補上。[8]

參考文獻

〔1〕陳夢家：《西周銅器斷代》第 238 頁，中華書局 2004 年。以下凡引陳說均據此書。
〔2〕董作賓：《西周年曆譜》第 311 頁，《董作賓先生全集》甲編第一冊，臺北藝文印書館 1978 年。
〔3〕唐蘭：《西周銅器斷代中的「康宮」問題》，《考古學報》1962 年第 1 期。
〔4〕杜勇、沈長雲：《金文斷代方法探微》第 38～124 頁，人民出版社 2002 年。
〔5〕吳其昌：《金文曆朔疏證》，《燕京學報》第六期，第 1047～1128 頁，1929 年。
〔6〕葉正渤：《金文月相紀時法研究》第 186、228 頁，學苑出版社 2005 年。
〔7〕吳其昌：《金文曆朔疏證》，《燕京學報》第六期，第 1047～1128 頁，1929 年。
〔8〕葉正渤：《金文月相紀時法研究》第 186 頁，學苑出版社 2005 年。

大祝追鼎銘文

上海博物館新近收藏。直口折沿，口沿上有一對立耳，圓底，三蹄足。口沿下飾獸體卷龍紋。內鑄銘文 41 字，其中重文 2。（《圖象集成》5-190）

銘文

參考釋文

隹（唯）卅又二年八月初吉辛子（巳），白大祝追作豐叔姬䵼彝，
用䏼（祈）多福。①白氏其眉壽黃耇萬年，②子＝孫＝永寶享。

考釋

① 唯卅又二年八月初吉辛子（巳），初吉是初一朔。干支辛子，即辛巳（18），
則某王三十二年八月是辛巳朔。白，姓氏，即下文的白氏。大祝，職官名。《禮
記・曲禮》天官六大之一，《周禮》說是春官宗伯的屬官，是祝官之長，職掌
祭祀。追，人名，擔任大祝之職。豐叔姬，人名。䵼，讀 shāng，䵼彝，一種
比較大的鼎。䏼，讀作祈，祈求。

② 眉壽，長壽。《詩・豳風・七月》：「爲此春酒，以介眉壽。」毛傳：「眉壽，
豪眉也。」孔穎達疏：「人年老者必有豪眉秀出者。」所以，人有毫眉秀出是
長壽的象徵。黃耇，年老。《詩・小雅・南山有臺》：「樂只君子，遐不黃耇。」
毛傳：「黃，黃髮也；耇，老。」這是白氏祝自己眉壽黃耇萬年、多子多福。

王世與曆朔

　　說者或以爲本器銘文所記曆日不合厲王、宣王之世。陳佩芬指出：「大祝
追鼎的器形和紋飾屬於西周晚期，在西周晚期王世能達到三十二年的僅有厲

王和宣王，按此器的月相、干支，據《西周青銅器銘文年曆表》，屬王三十二年八月甲申朔，宣王三十二年八月戊午朔，於此兩王均不合。」[1] 夏含夷和倪德衛則認爲，除了公認的以公元前 827 年爲元年以外，周宣王好像還利用過一個以公元前 825 年爲元年的年曆。像大祝追鼎銘文一樣載有具備年曆記載的西周晚期銅器銘文，諸如載有二十六年的番匊生壺、載有二十八年的寰盤、載有三十三年的伯寬父盨，而特別是載有三十七年的善夫山鼎，皆與宣王以公元前 827 年爲元年的年曆不合，反而與此後兩年以公元前 825 年爲元年的年曆完全符合。大祝追鼎銘文的年曆記載是「三十二年八月初吉辛巳」。公元前 825 年以後第 32 年是公元前 794 年。根據《中國先秦史曆表》，此年八月丁未朔，此月不含有辛巳一天。然而，若改變閏制，在公元前 795 年置閏，794 年八月丙子朔，辛巳乃是初六，與初吉完全符合。這個結論不但與我們推定的宣王以公元前 825 年爲元年的年曆符合，並且與相當多的古代文獻和其他西周晚期銅器銘文也一致，應該算是相當合理的結論。[2]

其實，按照夏含夷的說法，雖然西周晚期銅器銘文的紀時有一些符合他的假設。但是，周宣王在屬王死於彘、共和還政以後即位、改元並單獨紀年，即以公元前 827 年爲元年，這是傳世文獻資料明確記載的。夏含夷的假設，僅僅是在遇到若干高紀年銅器銘文所記曆日無法與已知的曆法知識相符合的情況下所作的。也就是說，他的假設缺乏文獻資料的佐證。在該文中，雖然他也列舉了若干資料，但不足以證明宣王曾有過兩個元年紀年。其次，夏含夷根據月相四分說的理論與現代曆表來比勘驗證銅器銘文中所記曆日，這是不準確的。月相詞語是用來紀日的，因此，一個月相詞語只記太陰月中月相有顯著特徵的一日，這一日是固定而又明確的。所以，月相詞語所表示的時間不允許有所謂幾日的遊移，也即不包含幾日的時間。[3] 基於以上兩點看法，夏含夷以爲大祝追鼎所記曆日符合以前 825 年爲元年的宣王三十二年（前 794 年）八月的曆朔。其實，這個結論是站不住腳的。

筆者也曾對大祝追鼎銘文所記曆日做過分析。銘文「唯卅又二年八月初吉辛子（巳）」，初吉是初一朔，干支是辛巳（18），則某王三十二年八月是辛巳朔。從器形紋飾方面來說，大祝追鼎屬於西周晚期器物，這是沒有爭議的。西周晚期只有屬王、宣王在位超過三十二年。因此，我們先與屬王時的曆朔進行比勘驗證。屬王三十二年是前 847 年，該年八月張表是甲申（21）朔，

董譜同，甲申距銘文辛巳（18）朔含當日相差四日，近是。就是說，銘文辛巳（18）朔比曆表和曆譜甲申（21）遲三日才合曆，這期間可能有三個連大月。[4] 夏含夷文章說：「此年八月甲申朔，八月就沒有辛巳。若改變閏制，八月乃甲寅朔，辛巳爲第28天，與初吉月相也不合。」這正是閏月安排不同或有大小月所致，但初吉只能是初一朔。

宣王三十二年是前796年，該年八月張表是戊午（55）朔，戊午距銘文辛巳（18）含當日相差二十四日，顯然不合曆。董譜是丁巳（54）朔，與銘文辛巳（18）朔含當日相差二十五日，亦不合曆。即使按夏含夷所假設的那樣宣王以前825年爲元年，則三十二年是前794年，該年八月張表是丁未（44）朔，與銘文辛巳（18）相距二十五日，顯然不合曆。董譜前794年八月是丙子（13）朔，與辛巳（18）含當日相差六日，亦不合曆。厲王於共和十四年死於彘，這是史籍文獻明確記載的。傳世文獻只有厲王死後宣王即位、改元並紀年的記載，從來就沒有在厲王死後第三年才即位、改元並紀年的說法。所以，從器形花紋以及曆日諸方面來考察，大祝追鼎應該屬於厲王時器，銘文所記是厲王三十二年（前847年）八月的曆朔。

另外，筆者曾推定晉侯穌編鐘銘文所記曆日符合厲王三十三年（前846年）正月至六月的曆朔。現在不妨也來比勘一下，看結果如何。

晉侯穌鐘銘文「唯王卅又三年，王窺（親）遹省東或（國）、南或（國），正月既生霸戊午，王步自宗周。二月既望癸卯，王入各（格）成周。二月既死霸壬寅，王償往東。三月方死霸，王至於菫，分行……六月初吉戊寅，旦，王各（格）大室……丁亥，旦，王鄒（御）於邑伐宮。庚寅，旦，王格大室……」。筆者研究認爲，「二月既望癸卯（40）」，可能是「癸巳」（30）的誤記。根據這種看法，筆者以「六月初吉戊寅」爲六月初一朔這一定點月相日向前逆推，得到晉侯穌鐘銘文六個月的朔日干支。如下：六月初吉戊寅，則六月戊寅朔；五月大，則五月是戊申朔；四月小，則四月是乙卯朔；三月大，則三月是乙酉朔；二月小，則二月是庚辰朔；正月大，則正月是庚戌朔。筆者所推晉侯穌中銘文所記曆日與張表、董譜厲王三十三年（前846年）前六個月的朔日干支只有一日之差。[4] 可以說，這個數據夠精確的了。根據晉侯穌編鐘銘文所記曆日推得厲王三十三年（前846年）正月是庚戌（47）朔。大祝追鼎銘

文所記曆日是三十二年八月初吉辛巳（18）。根據銘文排比干支表，八月辛巳（18）朔，九月辛亥（48）朔，十月庚辰（17）朔，十一月庚戌（47）朔，十二月己卯（16）朔，三十三年正月己酉（46）朔，比晉侯穌編鐘銘文三十三年正月庚戌（47）朔遲一日，可以說完全銜接，這期間當多一個小月二十九日。

如果換一種排比法則完全相合，即：八月辛巳（18）朔，九月辛亥（48）朔，十月辛巳（18）朔，十一月辛亥（48）朔，十二月庚辰（17）朔，三十三年正月庚戌（47）朔，與晉侯穌編鐘銘文三十三年正月庚戌（47）朔完全合曆。這種三個連大月的現象，在張表、董譜中是經常出現的。所以，比勘的這個結果再一次證明大祝追鼎銘文所記就是厲王三十二年（前 847 年）八月的曆朔。

參考文獻

〔1〕陳佩芬：《新獲兩周青銅器》，《上海博物館集刊》第八期第 133 頁，2000 年。

〔2〕夏含夷：《上博新獲大祝追鼎對西周斷代研究的意義》，《文物》2003 年第 5 期。

〔3〕葉正渤：《金文月相紀時法研究》第 186 頁，學苑出版社 2005 年。

〔4〕葉正渤：《亦談晉侯穌編鐘銘文中的曆法關係及所屬時代》，《中原文物》2010 年第 5 期。

晉侯穌編鐘銘文

晉侯穌編鐘出土於山西省曲沃縣晉侯墓葬。全套共 16 件，其中 14 件為盜墓者盜掘，其餘 2 件為發掘所得。1992 年 12 月，上海博物館館長馬承源在香港古玩肆中發現此套編鐘 14 件，並根據銘文命名為「晉侯穌鐘」。1993 年初，北京大學考古學系和山西省考古所對晉侯穌墓葬進行了發掘，得到十數件青銅器。其中有兩件編鐘的銘文亦為鑿刻，形制與 14 件晉侯穌鐘相同，銘文連綴，證實這 16 件編鐘原出同墓。編鐘大小不一，皆為甬鐘。16 件編鐘上均有銘文，為利器刻鑿，刀痕明顯，共 355 字。銘文連讀。[1]

銘文

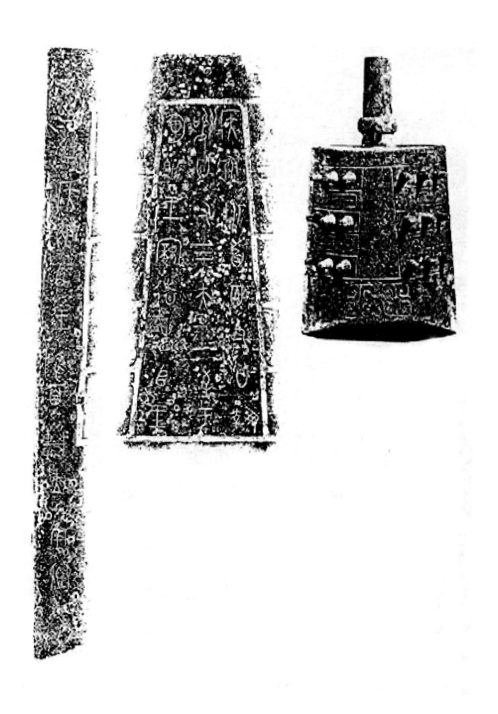

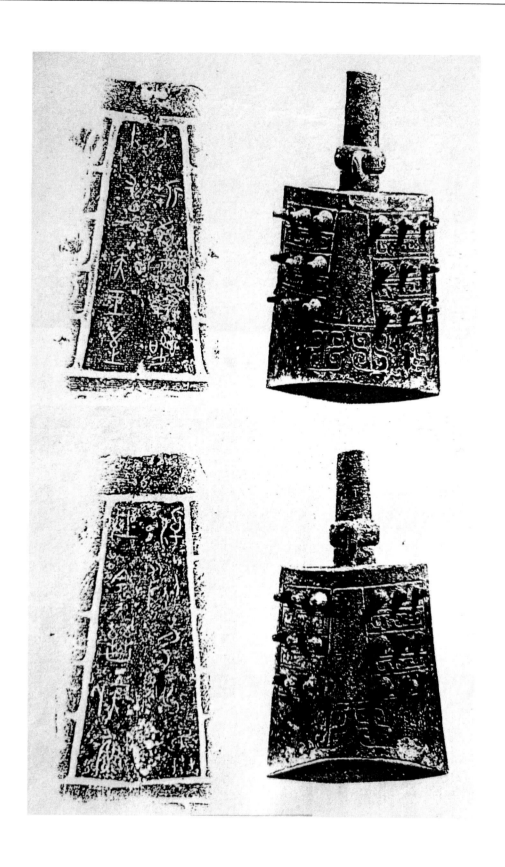

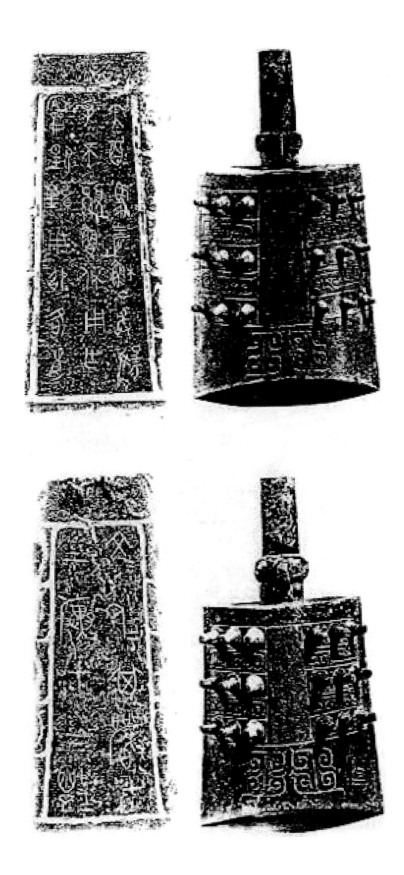

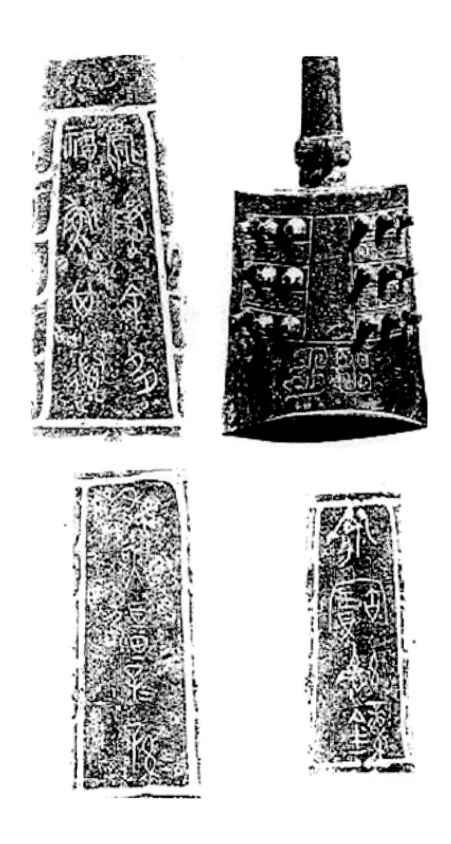

參考釋文

隹（唯）王卅又三年，王窺（親）遹省東或（國）、南或（國），正月既生霸戊午，王步自宗周。①二月既望癸卯，王入各（格）成周。②二月既死霸壬寅，王償往東。三月方死霸，王至於葟，分行。③王窺（親）令晉侯穌率乃𠂤（師）左洀濩北洀口，伐夙（宿）夷。④晉侯穌折（斬）首百又廿，執訊廿又三夫。王至於匔（鄆）城，王親遠省𠂤（師），王至晉侯穌師，王降自車，立（位）南鄉（向）。⑤親命晉侯穌：自西北遇（隅）𦎫（敦）伐匔（鄆）城。⑥晉侯率厥亞旅、小子、或人先敓（陷）人，折（斬）首百，執訊十又一夫。⑦王至。淖淖列列（烈烈）夷出奔，王命晉侯穌率大室小臣、車僕從，述（遂）逐之，晉侯折首百又一十，執訊廿夫；大室小臣車僕折（斬）首百又五十，執訊六十夫。⑧王惟反（返），歸在成周公族整師宮。⑨六月初吉戊寅，旦，王各（格）大室，即立（位），王乎（呼）善（膳）夫曰：「召晉侯穌，入門，立中廷，王親易（錫）駒四匹。」⑩穌拜稽首，受駒以出，反（返）入，拜稽首。丁亥，旦，王鄉（御）於邑伐宮。庚寅，旦，王格大室，嗣工（司空）楊父入右晉侯穌，王親儕（齎）晉侯穌秬鬯一卣、弓矢百、馬四匹，穌敢揚天子丕顯魯休，用作元和揚鐘，用昭格前₌文₌人₌，（前文人）其嚴在上，廙（翼）在下，斁₌𩁹₌，降余多福，穌其邁（萬）年無疆，子=孫=，永寶茲鐘。⑪

考釋

① 三十三年正月既生霸戊午，既生霸是初九，干支是戊午（55），則某王三十三年正月是庚戌（47）朔。窺，讀作親，親自。遹，發語詞，無實在意義。省，省視、視察。東或（國）、南或（國），或，讀作國或域。西周時東國一般指齊、魯、徐、淮夷等地。《國語・吳語》：「昔楚靈王不君……適諸夏而圖東國。」韋昭注：「東國，徐夷吳越。」南國則主要指楚荊，即今江漢平原及以南地區。步自宗周，猶言從宗周（鎬京）出發。宗周在豐鎬故地。成周，銘文單言周，指位於雒邑西北二十里地的王城，成周則在雒邑東北二十里地。朱駿聲在其《尚書古注便讀・洛誥》下注：「所謂成周，今洛陽東北二十里，其故城也。王城在今洛陽縣西北二十里，相距十八里。」又在《君陳》篇下

按曰：「成周，在王城近郊五十里內。天子之國，五十里為近郊，百里為遠郊。今河南河南府洛陽縣東北二十里為成周故城，西北二十里為王城故城。」

② 二月既望癸卯，王入各（格）成周。二月既死霸壬寅，王……。既望是十四日，干支是癸卯（40）。既死霸是二十三日，干支是壬寅（39）。根據銘文記載月相詞語的順序，可見既望應在既死霸之前。但癸卯（40）在壬寅（39）後一日，可見癸卯當是癸巳之誤。癸巳和癸卯在豎排干支表上是並排緊挨著的，史官看錯很有可能，則二月是庚辰（17）朔。成周，位於雒邑東北二十里地，周指位於雒邑西北二十里地的王城。

③ 僨，從貝，或釋作憒，讀作憒，怒也，用作副詞。三月方死霸，方死霸，即傍死霸，既死霸之第二日，為太陰月之二十四日。𦴭，字書所無，裘錫圭以為作為「地名當讀為范，即《孟子·盡心上》『孟子自范之齊』之范，故址在今范縣東南，其位置在鄆城西北面，在宿夷所居的東平的西面。周王至此『分行』，北路伐宿夷，南路伐鄆城，是很合理的。」[2]或以為兗州之兗的本字，[3]恐與日程、路線不合。分行，周王和晉侯穌分兵兩路征伐宿夷。

④ 晉侯穌，即晉獻侯，《晉世家》名籍，《世本》及譙周作穌，穌是蘇的異體字。左，對於東行之軍來說，則是位於北邊的一路軍。洀，或讀作津，渡口。下一字不識，地名，或讀作蒙，指蒙山，恐不確。夙，讀作宿；宿夷，當指居於魯西一帶的東夷之一。

⑤ 折，讀作斬；斬首，殺伐。執訊，指俘獲戰俘。劀，字書所無，馬承源讀作鄆，即山東鄆城。或曰此乃東鄆，在山東東部諸城縣西南五十里之管帥鎮。與銘文之地望、日程顯然不合。王親遠省𦔙（師），有親自勞師（犒賞）之義，相當於後世帝王的御駕親征。王降自車，王從車上下來。

⑥ 西北隅，隅，讀作隅，角落。羍，從㐭從羊，甲骨文中已有此字，或釋作敦；羍伐，猶言敦伐，大規模地殺伐。

⑦ 亞旅、小子、或人先啟（陷）人，這些是晉侯所屬的軍隊，而不是王師。或，當從土或聲，字書所無，或人，當是或地之人。啟，當從支臽聲，字書所無，銘文讀作陷。折首，即斬首，與折訊（俘馘）有所不同。

⑧ 淖淖列列（烈烈）夷出奔。王命晉侯穌率大室小臣、車僕從，遒逐之，淖淖列列，讀作烈烈，形容宿夷出奔的狼狽像。大室，即大宗。小臣、車僕，參與征戰的低級職官名。從，隨從。述，讀作遂，於是、就，副詞。逐，追逐。之，代指宿夷。

⑨ 反，讀作返。成周，銘文單言周，指位於雒邑西北二十里地的王城，成周則在

雒邑東北二十里地。在西周銅器銘文中，成周往往與宗周對舉而言。公族整師宮，猶言宗族所有的整師宮。整師宮，位於雒邑成周的宮室名。

⑩ 六月初吉戊寅（15），初吉，月相詞語，初一朔。《詩・小雅・小明》：「二月初吉，載離寒暑」，毛傳：「初吉，朔日也。」或以爲吉善之日，或以爲一旬之中的初干吉日，皆非是。駒四匹，未成年的馬四匹。下文賜馬四匹，指成年的馬。

⑪ 丁亥，該日非月相之日，故只用干支紀日。鄅，疑讀作御，動詞，祭也。邑伐宮，宮室名，亦當在成周。儕，讀作賫，賜也。王親自賞賜給晉侯的品物，有酒、弓矢和成年的馬匹。元和揚鐘，鐘名。昭格，昭顯。前文人，前代有文德之人。以德綏四方、靖天下曰文。《尚書・文侯之命》：「汝肇型文武，用會紹乃辟，追孝於前文人。」孔傳：「言汝今始法文武之道矣，當用是道合會繼汝君以善，使追孝於前文德之人。」注曰：「繼先祖之志爲孝。」嚴在上，廙（翼）在下，歷來眾說紛紜，筆者以爲大意是：祖先威嚴的神靈在高高的天上，羽翼在下的子孫後代。翼，羽翼，庇祐、保護。數=彙=，擬聲詞，猶言嗶嗶勃勃，形容聲勢浩大，威力無比的樣子。降余多幅，降給我很多的福。

王世與曆朔

晉侯穌編鐘銘文有王年、五個月相詞語、六個紀日干支，連續近六個月的時間記載，這對於研究器物所屬的王世和曆朔相當重要，同時也提供了方便。

銘文先言「二月既望癸卯」，繼言「二月既死霸壬寅」，說明既望在既死霸之前，這也是學界大多數人的看法。但按干支表，「癸卯」（40）在「壬寅」（39）後一日，與月相的先後次序不符合。因此有人認爲這兩個干支誤倒，有人認爲「癸卯」可能是誤記，有人認爲銘文重書二月，可能是閏月的表示，有人認爲重書二月表示分屬於二年。筆者研究認爲，「癸卯」可能是「癸巳」（30）的誤記。因爲在甲骨豎排干支表上，癸卯和癸巳是並排緊挨著的，所以看錯極有可能。根據這種看法，筆者以「六月初吉戊寅」爲六月初一朔這一定點月相日向前逆推，得到晉侯穌鐘銘文六個月的朔日干支。如下：

六月初吉戊寅，則六月戊寅朔；五月大，則五月是戊申朔；四月小，則四月是乙卯朔；三月大，則三月是乙酉朔；二月小，則二月是庚辰朔；正月大，則正月是庚戌朔。依此，進一步推得晉侯穌鐘銘文中的五個月相詞語所指的具體時間是：

正月是庚戌（47）朔，銘文「正月既生霸戊午（55）」則是正月初九；二

月是庚辰（17）朔，銘文「二月既望癸卯（當是癸巳 30）」，則是二月十四日，「二月既死霸壬寅（39）」，是二月二十三日；三月是乙酉（22）朔，銘文「三月方死霸」則是三月二十四日（「方死霸」即文獻中的「旁死霸」）；「六月初吉戊寅」，是六月初一。銘文中的六月丁亥（24）是初十，庚寅（27）是十三日，皆非定點月相之日，因此只用干支紀日，且在下一個月相日之前，完全符合西周銘文的紀時體例。[4] 從正月初九到六月初一這五個月的日干支相連續，表明「癸卯」確實是「癸巳」的誤記，這幾個月中沒有閏月，也不是二年中的事，且這幾個月是大小月相間的。

晉侯穌鐘銘文所記某王三十三年前六個月的朔日干支，與張表、董譜屬王三十三年即前 846 年前六個月的朔日干支只有一日之差。爲便於比較，現列表如下：

葉推：正月庚戌（47），二月庚辰（17），三月乙酉（22），四月乙卯（52），五月戊申（45），六月戊寅（15）；

張表：正月辛亥（48），二月辛巳（18），三月庚戌（47），四月庚辰（17），五月己酉（46），六月己卯（16）；

董譜：正月壬子（49），二月辛巳（18），三月辛亥（48），四月庚辰（17），五月庚戌（47），六月己卯（16）。

張表和董譜分別是根據現代天文曆法知識推算而得到公元前 846 年前六個月的朔日干支，本人則是根據對月相詞語的理解和晉侯穌鐘銘文所記曆日推算而得到的。尤其是張表，學術界認爲是科學的，是比較可靠的。一連六個月的朔日干支如此近似，這決不是偶然的，只能說明晉侯穌鐘所記就是西周屬王三十三年也即公元前 846 年前六個月的曆日，同時也證明本人對西周金文月相詞語所指時間的理解及定點的看法完全是正確的。「夏商周斷代工程」亦將晉侯穌編鐘定爲屬王三十三年時器，但「夏商周斷代工程」定屬王元年爲公元前 877 年，因此屬王三十三年就是公元前 845 年，銘文所記曆朔與張表、董譜公元前 845 年前六個月的曆朔完全不合。因此，定屬王元年爲前 877 年是欠妥的。筆者也曾比勘了張表、董譜宣王三十三年（前 795 年）的曆朔，同樣不合。可見晉侯穌鐘銘文所記曆日，只與屬王三十三年即公元前 846 年前六個月的曆朔吻合，也不合於宣王三十三年的曆朔。這就是說，晉侯穌編鐘屬於屬王世器。[5] 晉侯穌鐘的徵集情況參閱 1997 年《上海博物

館集刊》馬承源的文章。

參考文獻

〔1〕《晉侯蘇鐘筆談》,《文物》1997 年第 3 期第 66 頁。

〔2〕《晉侯蘇鐘筆談》,《文物》1997 年第 3 期第 66 頁。

〔3〕李仲操:《談晉侯蘇鐘所記地望及其年代》,《考古與文物》2000 年第 3 期第 28 頁。

〔4〕葉正渤:《略論西周銘文的紀時方式》,《徐州師範大學學報》哲社版 2000 年第 3 期。

〔5〕葉正渤:《金文標準器銘文綜合研究》第 206 頁,線裝書局 2010 年。

〔6〕葉正渤:《亦談晉侯穌編鐘銘文中的曆法關係及所屬時代》,《中原文物》2010 年第 5 期。

伯寬（寬）父盨銘文

1978 年陝西岐山縣京當公社賀家大隊鳳雛村出土,現藏周原岐山縣文管所。伯寬（寬）父盨有甲乙兩組,圓角方形,斂口鼓腹,附耳,矮圈足有長方形缺,足沿平折;蓋微隆起,上有四個矩形扉,可倒置,通體飾瓦溝紋。器蓋同銘,有銘文 27 字,重文 2。[1]

銘文

參考釋文

隹（唯）卅又三年八月既死辛卯,王才（在）成周。①白（伯）寬父乍（作）寶盨,子=孫=永用。②

考釋

① 銘文「唯卅又三年八月既死辛卯」，既死，本來是月相詞語而誤寫，周法高、劉啓益改作既望。既死若是既望之誤，既望是十四日，干支是辛卯（28），則某王三十三年八月是戊寅（15）朔。或說既死是既死霸之省，若此，既死霸是二十三日，干支是辛卯（28），則某王三十三年八月是己巳（6）朔。成周，在西周銅器銘文中常與宗周相對而言。成周在雒邑東北二十里地。朱駿聲在其《尚書古注便讀·洛誥》下注：「所謂成周，今洛陽東北二十里，其故城也。王城在今洛陽縣西北二十里，相距十八里。」又在《君陳》篇下按曰：「成周，在王城近郊五十里內。天子之國，五十里爲近郊，百里爲遠郊。今河南河南府洛陽縣東北二十里爲成周故城，西北二十里爲王城故城。」

② 寬，從穴從見，《龍龕手鏡·穴部》：「寬，音寬。」《字彙補·穴部》：「寬，《韻鏡》與覓同。」則該字可用通行的「寬」字來隸定。寬在銘文中爲人名。盨，古代一種盛食物的器皿，長方形，四角圓，有蓋，介於簋和簠之間，兩耳，圈足或四足。

王世與曆朔

　　說者或以爲是厲王時器，或以爲是宣王時器，還有以爲是成王或昭王時器者。下面根據張表、董譜分別比勘驗證，看結果如何。

　　銘文「唯卅又三年八月既死辛卯」，設既死是既望之誤，既望是十四日，干支是辛卯（28），則某王三十三年八月是戊寅（15）朔。張表、董譜厲王三十三年（前846年）八月正是戊寅（15）朔，完全合曆。就是說，伯寬父盨銘文所記曆日符合厲王三十三年八月的曆朔，銘文「八月既死辛卯」的確是「既望」的誤記。我們再以同是厲王三十三年的晉侯穌編鐘銘文所記曆日進行比勘，可以得到進一步的驗證。

　　晉侯穌編鐘銘文「唯王卅又三年，王窺（親）遹省東或（國）、南或（國），正月既生霸戊午，王步自宗周。二月既望癸卯，王入各（格）成周。二月既死霸壬寅，王償往東。三月方死霸，王至於葷，分行……六月初吉戊寅，旦，王各（格）大室……丁亥，旦，王鄹（御）於邑伐宮。庚寅，旦，王格大室……」。筆者研究認爲，「二月既望癸卯（40）」，可能是「癸巳」（30）的誤記。根據這種看法，筆者以「六月初吉戊寅」爲六月初一朔這一定點月相日向前逆推，得到晉侯穌鐘銘文六個月的朔日干支。如下：

六月初吉戊寅，則六月戊寅朔；五月大，則五月是戊申朔；四月小，則四月是乙卯朔；三月大，則三月是乙酉朔；二月小，則二月是庚辰朔；正月大，則正月是庚戌朔。筆者所推晉侯穌中銘文所記曆日與張表、董譜屬王三十三年（前846年）前六個月的朔日干支只有一日之差。[2]可以說，這個數據夠精確的了。晉侯穌編鐘銘文「六月初吉戊寅」，據伯寬父盨銘文「八月既死（望）辛卯」推得八月也是戊寅（15）朔，則屬王三十三年五月是戊申朔，六月是戊寅朔，七月是戊申朔，八月是戊寅朔。這是當時的實際曆朔，在這中間有三個連大月，三個連大月在古今曆法上是經常出現的。筆者曾定伯寬父盨爲屬王三十三年（前846年）器，是合乎曆日記載的，[3]也說明銘文「既死」的確是「既望」的誤記。

反之，設「既死」是既死霸之省，既死霸是二十三日，干支是辛卯（28），則某王三十三年八月是己巳（6）朔。屬王三十三年（前846年）八月張表、董譜是戊寅（15）朔，戊寅（15）距己巳（6）十日，顯然不合曆，說明「既死」不是既死霸之省。

比勘宣王三十三年（前795年）八月之曆朔，張表是壬子（49）朔，董譜同。錯月是壬午（19）朔，壬午距戊寅（15）含當日相差五日，顯然不合曆；壬午距己巳（6）相差十四日，顯然也不合曆。這個結果說明銘文「既死」無論是既望之誤記，還是既死霸之誤記，其曆日都不合宣王三十三年八月的曆朔。也就是說，伯寬父盨不屬於宣王之世器物。

至於成王和昭王說，傳世文獻沒有明確記載成王在位年數，昭王在位只有十九年，沒有伯寬父盨銘文所記三十三年之久。成王、昭王元年各始於何年是兩個不確定的數據，因此無法進行驗證，故其二說不可信。且從伯寬父盨銘文字體來看，也不像西周早期的風格，明顯具有西周晚期的特點，比如王字，已線條化，寬字上部的穴字頭，已成圓形，而不是方形，筆畫無筆鋒等。所以，伯寬父盨銘文「唯三十又三年八月既死辛卯」，是「既望」之誤記，所記曆日符合屬王三十三年（前846年）八月的曆朔。

參考文獻

〔1〕陝西周原考古隊：《陝西岐山鳳雛村西周青銅器窖藏簡報》，《文物》1979年第11期。

〔2〕葉正渤：《亦談晉侯穌編鐘銘文中的曆法關係及所屬時代》，《中原文物》2010 年第 5 期。

〔3〕葉正渤：《金文月相紀時法研究》第 187 頁，學苑出版社 2005 年。

善夫山鼎銘文

善夫山鼎，又名山鼎。據傳 1949 年前在陝西省麟遊、扶風、永壽交界處（即扶風北岐山一帶）的永壽縣好畤河某溝出土。鼎立耳圜底蹄足，口沿下飾重環紋及弦紋一道。內壁鑄銘文 12 行 121 字，重文 2。〔1〕

銘文

參考釋文

隹（唯）卅又七年正月初吉庚戌，王才（在）周，各（格）圖室。①南宮乎入右善（膳）夫山入門，立中廷（庭），北鄉（向）。②王乎（呼）史桼冊令（命）山，王曰：「山，令女（汝）官嗣（司）飲獻人於㒼，用乍（作）害（憲），司貯，母（毋）敢不善。③易（錫）女（汝）玄衣黹屯（純）、赤市、朱黃、䜌（鸞）旗。」④山拜䭫（稽）首，受冊，佩㠯（以）出，反（返）入（納）堇（瑾）章（璋）。⑤山敢對揚天子休令（命），用乍（左）朕皇考弔（叔）碩父尊鼎，用𣄰（祈）匄眉壽，𩛥（綽）綰（綰）永令霝冬（終），⑥子=孫=永寶用。

考釋

① 唯卅又七年正月初吉庚戌，初吉是初一朔，干支是庚戌（47），則某王三十七年正月是庚戌（47）朔。各，讀作格，入也。圖室，周廟裏存放王朝版圖的室屋。又見於宣王時期的無叀鼎銘文：「王各於周廟，述於圖室。」1954 年 6 月出土於江蘇鎮江大港鎮煙墩山的宜侯矢簋銘文：「惟四月，辰在丁未，王省武王、成王伐商圖，遂省東或（國）圖。」可見早在周初就有專門存放王朝版圖文籍的建築物。

② 南宮乎，人名，南宮是複姓，乎是名。據傳周文王手下有著名的「八士」，其一是南宮括。所謂「文王四友南官子」，根據《史記・周本紀》顏師古注，指的就是南宮括。據考證，南宮括是周朝文王四友之一的賢士，他是周文王父子興周滅紂時的一位賢臣。其後代以南宮爲姓氏，稱南宮氏。《論語》裏記載有孔子弟子南宮适，字容。傳世有南宮乎鐘。右，儐佑，導引。善（膳）夫山，膳夫是職官名，山是人名，擔任膳夫之職。

③ 史來，甲骨文中已有萊字，用作祭名。其字象拔起的草及根之形，或說即茇字，《說文》：「茇，艸根也」。銘文讀作賚，是人名，擔任史之職。官嗣（司），官職、職掌。飲獻人，陳夢家說：「疑爲供奉飲酒與膳獻之人，相當於《周禮・天官》的獸人和酒人。」[2] 獻人，或說即獻民。《逸周書・作雒解》：「俘殷獻民於九畢」，孔晁注：「獻民，士大夫也。」又《尚書・洛誥》：「其大惇典殷獻民」，此獻民舊訓作賢民。馘簋銘：「肆余以餒士獻民，禹𫝆先王宗室」，一說獻民是殷遺民。馬承源認爲武王至厲王相距十世不應再有殷遺民，故此獻民當以士大夫爲是。[3] 按：馬承源把馘簋看作是厲王時器，因有此說。但郭沫若認爲馘簋是西周早期昭王時器，筆者也是這樣認爲的。[4] 故此時或尚有殷遺民存在。㑍，從己克，字書所無，銘文是地名，飲獻人於此。用，由也。憲，憲字初文；作憲，執掌法令。《左傳・襄公廿八年》：「此君之憲令」，《國語・周語》：「布憲施捨於百姓」，憲都是法令的意思。司貯，猶頌鼎銘：「官司成周貯」；司貯，積貯，管理倉儲囷蓄賦稅等事務。毋敢不善，《論語・八佾》：「又盡善也」，皇侃《疏》：「善者，理事不惡之名」，即善理其事。銘文「毋敢不善」，猶言不要辦不好事情，希望其把職事辦好。

④ 易，讀作錫，賜也。玄衣純黹，繡著花邊的黑色衣服。赤市，即赤韍，紅色蔽飾。朱黃，即朱珩或朱衡，一種紅色玉佩。䜌，讀作鸞；鸞旗，鑲有鸞鳥的旗幟。攸勒，有裝飾的馬爵子和馬籠頭。周王所賜之品物，與厲王、宣王時期諸多銘文裏的皆相同或近似，如厲王時期的趞鼎、袁盤、逨盤、四十二年逨鼎等

器銘文，說明器物之時代亦相同或相近。

⑤ 佩，佩戴。曰（以），用法同而，連詞，連接前後兩個動作。反，讀作返；入，讀作納。菫（瑾）章（璋），菫，即瑾，美玉。璋，圭璋，大臣上朝時手持的信物。善父山帶著書有王命的簡冊退出中廷，然後又返迴向王獻瑾璋。本篇銘文所記西周冊命儀式與《左傳》所記幾乎完全相同。《左傳·僖公二十八年》：「己酉，王享醴，命晉侯宥。王命尹氏及王子虎、內史叔興父策命晉侯爲侯伯，賜之大輅之服，戎輅之服，彤弓一，彤矢百，玈弓矢千，秬鬯一卣，虎賁三百人。曰：『王謂叔父，敬服王命，以綏四國。糾逖王慝。』晉侯三辭，從命。曰：『重耳敢再拜稽首，奉揚天子之丕顯休命。』受策以出，出入三覲。」與頌鼎銘文所記亦相同。參閱《頌鼎銘文曆朔》一節。

⑥ 弔，讀作叔；叔碩父，善夫山的亡父名。傳世有叔碩父鼎和叔碩父甗。斷，即祈字；匄，祈也。眉壽，長壽，銘文中常見之套語。麲（綽）貌（綰）、永令、霝冬（終），此句銘文也見於史伯碩父鼎、頌鼎、逨盤、晉姜鼎等銘文。麲，讀作綽；綽綰，猶言闊綽，舒緩之意。徐仲舒曰：「凡金文之言綰綽、綽綰者，皆有延長不絕之意。」[5] 錄，讀作祿；通錄，猶言通祿，多福也。永，長也；永命，長命。霝，讀作令，善也；冬，讀作終；令終，猶言善終。《詩·大雅·既醉》：「昭明有融，高朗令終」，鄭箋：「天既助女以光明之道，又使之長有高明之譽，而以善名終，是其長也。」末句意爲子子孫孫永遠地寶有。

王世與曆朔

善夫山鼎銘文是一篇高紀年銘文。其所屬王世，歷來有爭議。陳夢家說：「此鼎形制花紋同於卅二年鬲攸比鼎及毛公鼎，後二者曾定爲夷王時器」；「此鼎三十七年有二種可能，或屬於宣王，或屬於夷王。今採後說，則夷王在位至少有三十七年。」（《綜述》第 290 頁）學者或以爲宣王時器。筆者也曾定其爲宣王時器。[6]

既然本器器形、紋飾以及銘文辭例等要素具有西周晚期特徵，那麼，這件器物屬於西周晚期這個大前提應不會錯。西周晚期唯屬王和宣王在位達到或超過三十七年。厲王在位是三十七年，但厲王紀年是五十一年，厲王元年是公元前 878 年。《史記·周本紀》：「懿王崩，共王弟辟方立，是爲孝王。孝王崩，諸侯復立懿王太子燮，是爲夷王。」夷王是懿王太子，懿王死後又經孝王，孝王死後復由懿王太子燮繼位，是爲夷王，時間間隔較長，且夷王身

體欠佳，在位恐怕不可能有三十七年之久。《左傳・昭公二六年》：「至於夷王，王愆於厥身，諸侯莫不並走其望，以祈王身。」愆，過也，引申指患病。並，遍也。

宣王元年據《史記・周本紀》推算是前827年。在器形、紋飾以及銘文辭例等要素具有西周晚期特徵，因而斷定器物屬於西周晚期這個前提下，比勘對照張表和董譜，看善夫山鼎銘文所記曆日究竟符合哪一個王世的曆朔。

銘文「唯卅又七年正月初吉庚戌」，初吉是初一朔，則某王三十七年正月庚戌（47）朔。

厲王三十七年是前842年，該年正月張表是戊子（25）朔，董譜同，戊子（25）距銘文庚戌（47）朔含當日相差二十三日，顯然不合曆。相距二十三日會不會是銘文把月相詞語「既死霸」誤記成「初吉」了？若是，則銘文就是「唯卅又七年正月既死霸庚戌」。根據筆者的研究，月相詞語既死霸是二十三日，干支是庚戌（47），則某王三十七年正月是戊子朔，與張表、董譜所列厲王三十七年正月的曆朔完全吻合，則銘文所記就是厲王三十七年正月的曆朔，此時厲王尚未出奔於彘。這也不會是一種巧合吧。由於銘文「正月初吉庚戌」是「正月既死霸庚戌」之誤記，遂使該器所屬時代多年來成爲學術研究的一個疑團。下面再來比勘宣王時期的曆朔，看結果如何。

宣王三十七年是前791年，該年正月張表是癸巳（30）朔，銘文庚戌（47）朔距癸巳（30）含當日相差十八日，顯然不合曆。董譜是壬戌（59）朔，銘文庚戌距壬戌含當日相差十三日，也不合曆。如果按照上面的假設銘文是「唯卅又七年正月既死霸庚戌」之誤，既死霸是二十三日，則某王三十七年正月是戊子（25）朔。宣王三十七年正月張表、董譜分別是癸巳（30）朔和壬戌（59）朔，與假設銘文爲既死霸之誤的戊子（25）朔含當日相差五六日，也不合曆。

另外，夏含夷等以爲周宣王曾實行過兩個紀元，其一是以前827年爲元年，另一是以前825年爲元年。[7] 如果周宣王時期眞像夏含夷、倪德衛所說的那樣，曾經以前825年爲元年的話，那麼宣王三十七年就是前789年，則本篇銘文所記庚戌（47）朔就與張表該年正月辛亥（48）朔基本相合，與董譜該年正月庚戌（47）朔完全相合。（按：董作賓《西周年曆譜》印成戊戌，排比董譜前一個月和後一個月的朔日干支，應該是庚戌，說明董譜印刷

錯誤。[8]）周宣王時期究竟有沒有實行過兩個元年？是什麼原因要實行兩個元年？尚無文獻資料作佐證，因此，夏含夷之說不可遽信。

陳夢家把該器作爲夷王時器，一般認爲夷王在位沒有 37 年之久。從厲王元年向前查檢曆表和曆譜，符合正月庚戌（47）朔或近似的年份有：

前 882 年正月，張表是庚戌（47）朔，董譜同。前 882 年距厲王元年的前 878 年有 4 年，若此，夷王在位至少有 37+4=41 年。董譜定前 882 年爲夷王四十三年，夷王在位是四十六年。看來，前 882 年也許是最佳年份。若此，則夷王元年便是前 919 年。不過，前 919 年不是一個共有元年，且董作賓和陳夢家所定夷王在位年數都太長久，不可遽信，僅供參考。

前 913 年正月，張表是辛巳（18）朔，錯月是辛亥（48）朔，比庚戌（47）早一日合曆，董譜是庚辰（17）朔，錯月是庚戌（47）朔，合曆，則某王元年是前 949 年。

前 949 年正月，張表正是庚戌（47）朔，董譜是己酉（46）朔，與銘文庚戌（47）朔完全吻合，某王元年就是前 985 年。不過，此時已經到西周中期了，與器形紋飾特徵不合。

張聞玉定善夫山鼎爲穆王世，曰：「穆王三十七年即公元前 970 年，查公元前 970 年實際天象：冬至月朔辛巳 08h12m，丑月庚戌 19h46m，寅月庚辰 08h08m。（下略）是年建丑，正月庚戌朔。與善夫山鼎曆日吻合。」[9] 前 970 年正月，張表、董譜皆是辛巳（18）朔，錯月是辛亥（48）朔，比銘文庚戌（47）朔早一日合曆，則穆王元年就是前 1006 年，但該年不是共有元年。張聞玉以殷正建丑來比勘曆表，是不足取的。

所以，根據器形紋飾銘文辭例等要素結合曆日記載比勘的結果，筆者認爲善夫山鼎銘文「唯卅又七年正月初吉庚戌」，是「唯卅又七年正月既死霸庚戌」的誤記，校正後銘文所記曆日完全符合厲王三十七年正月的曆朔。而三十七年正月，厲王尚未出奔於彘。由於銘文把月相詞語「既死霸」誤記成了「初吉」，遂使該器之時代長期來成爲學術研究的一個疑團。

參考文獻

〔1〕陝西省博物館：《陝西省博物館新近征集的幾件西周銅器》，《文物》1965 年第 7 期。

〔2〕陳夢家：《西周銅器斷代》第 289 頁，中華書局 2004 年。

〔3〕馬承源：《商周青銅器銘文選（三）》第 314 頁，文物出版社 1998 年。

〔4〕葉正渤：《金文標準器銘文綜合研究》第 111～119 頁，線裝書局 2010 年。

〔5〕轉引自王輝：《逨盤銘文箋釋》，載《考古與文物》2003 年第 3 期。

〔6〕葉正渤：《金文月相紀時法研究》第 188 頁，學苑出版社 2005 年；《宣王紀年銅器銘文及相關問題研究》，《古文字研究》第二十七輯。現更正爲屬王時器。

〔7〕〔美〕夏含夷：《此鼎銘文與西周晚期年代考》，載朱鳳瀚、張榮明：《西周諸王年代研究》第 248 頁，貴州人民出版社 1998 年。

〔8〕葉正渤：《〈西周年曆譜〉校勘記》，《鹽城師範學院學報》（人文社會科學版）2010 年第 2 期。

〔9〕張聞玉：《關於善夫山鼎》，原載《中國文物報》1989 年 10 月 20 日。

四十二年、四十三年逨鼎銘文

2003 年 1 月 19 日陝西省寶雞市眉縣馬家鎮楊家村一西周青銅器窖藏出土青銅器 27 件。二件四十二年逨鼎和十件四十三年逨鼎形制基本一致，都是垂腹蹄足，飾波曲紋和竊曲紋，皆有銘文。二件四十二年逨鼎每件內壁皆鑄銘文 25 行，約 280 字，銘文內容相同。〔1〕

四十二年逨鼎乙銘文

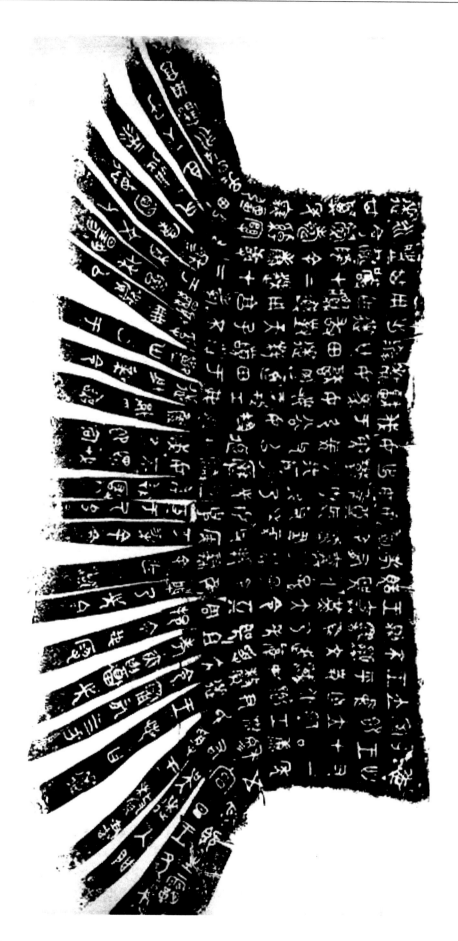

參考釋文

佳（唯）卅又二年五月既生霸乙卯，王在周康穆宮。①旦，王各（格）大室，即立（位）。嗣（司）工（空）散右吳逨入門立中廷北向（向），尹氏受王釐書，王乎（呼）史減冊釐逨。②王若曰：「逨！不（丕）顯文武雁（膺）受大令（命），匍（敷）有（祐）四方，則繇惟乃先聖且（祖）考夾蘁（召）先王，爵（勞）董（勤）大命，奠周邦，余弗叚（遐）諆（忘）聖人孫子，昔余乃先祖考，有爵（勞）於周邦。③肆余乍（作）〔彤〕沙，詢余肇建長父侯於楊。④余命女（汝）奠長父休，汝克奠於厥自（師），汝惟克奠乃先祖考戒，嚴（玁）〔狁〕出戲（捷）於井（邢），阿於歷，厥汝不斁戎，汝突長父以追博戎，乃即宕伐於弓谷。⑤汝執訊獲馘俘器車馬，汝敏於戎工（功），弗逆朕新命，釐汝秬鬯一卣，田於鄭卅田，於徲廿田。」⑥逨拜稽首，受冊釐以出。逨敢對天子丕顯魯休揚，用作鼎彝，用亯（享）孝於前文人，其嚴在上，趩（廙、翼）在下，穆秉明德，彙=數=，降余康虞屯（純）又（祐）、通錄（祿）永命需（令）冬（終），眉壽綽綰，畍（畯）臣天子，逨其萬年無彊（疆），子=孫=永寶用亯（享）。⑦

考釋

① 唯卅又二年五月既生霸乙卯（52），既生霸，月相詞語，太陰月之初九，則某王四十二年五月是丁未（44）朔。（按：筆者研究發現，四十二年逨鼎銘文五月既生霸乙卯（52）是乙丑（2）的誤記。因此，某王四十二年五月是丁巳（54）朔。詳見《逨鼎銘文曆法解疑》一文。）周康宮穆宮，位於周康宮中供奉穆王神主之廟室。周，指成王遷都雒邑而建的王城，在雒邑西北二十里地，成周則是在雒邑東北二十里地，距王城十八里。筆者研究認為，康宮是西周規模宏大的宗廟建築群，並非指康王之廟。參閱《此鼎、此簋銘文曆朔研究》一文。

② 嗣工，讀作司空，西周職官名，職掌水利、營建之事。散，人名，擔任司空之職。右，儐佑，導引。吳逨，人名，也見於逨盤、逨鐘銘文。尹氏，內史之類的職官。釐，從貝，棶聲，疑是賚字的初文。《玉篇》：「賚，賜也、予也。」史減，史是職官名，減是人名，擔任史之職。此人名主要見於厲王時期銅器

銘文中，如寰盤銘文等。冊，冊命，將王命書於史冊，故曰冊命。

③ 若，這樣。王若曰，王這樣說。丕顯，大顯。文武，指文王、武王。雁，讀作膺，膺，心中、胸中。受大令（命），大命，猶言天命。匍，讀作溥，溥有，同奄有，廣泛地擁有。緐，字跡不清晰，疑是緐字，通由，語詞。惟，發語詞。乃，你的。先聖祖考，聖，聖明；先祖先父。夾詔（召），夾輔、輔佐。閈，疑讀作感，感謝。爵，讀作勞。奠周邦，奠定周家邦國。叚，讀作遐，遠也。諰，從言愳（罣）聲，讀作忘，忘記。

④ 肆，語氣詞。作下二字不清晰，或釋作彤沙。詢，問也。肇，始也，猶言當初。長父，人名，父，為成年男子之稱，封為侯；楊，長父所封地名。

⑤ 休，美好的賞賜。奠，定。戒，下從廾，上部不清晰，暫釋作戒，或釋作兵。
　　玁狁，或作獫狁，古代居於北方的民族名，匈奴之祖先。《史記·匈奴列傳》：「匈奴，其先夏后氏之苗裔也，曰淳維。唐虞以上有山戎、獫允、薰粥，居於北蠻，隨畜牧而轉移」。裴駰《集解》引《漢書音義》曰：「匈奴始祖名」。司馬貞《索隱》：「張晏曰：『淳維以殷時奔北邊』。又樂產《括地志》云：『夏桀無道，湯放之鳴條，三年而死。其子獯粥妻桀之眾妾，避居北野，隨畜移徙，中國謂之匈奴。』其言夏后苗裔，或當然也。故應劭《風俗通》云：『殷時曰獯粥，改曰匈奴。』又服虔云：『堯時曰葷粥，周曰獫狁，秦曰匈奴。』韋昭云：『漢曰匈奴，葷粥其別名。』則淳維是其始祖，蓋與獯粥是一也。」由是觀之，獯鬻、獫狁及匈奴，是不同時代之不同稱謂，其始祖淳維乃是夏之苗裔，其亦華夏族之一支也。王國維《鬼方昆夷玁狁考》考之甚詳，可資參閱。[2]
　　戠，從邑弋聲，字書所無，讀作捷。阿，本義為大山，此處疑有聚集意。歷，地名，或指歷山。厰，字的筆畫不清晰，用在代詞汝之前，或是語氣詞。歡，字跡不清晰，暫釋為歡，懈怠；不歡戎，大意指不要懈怠於戎事。夾，字書所無，抑或是奘字，銘文疑有助意。追博戎，猶言博伐戎狄。宕伐，亦見於虢季子白盤銘，有抗擊意。弓谷，地名。

⑥ 訊，指俘虜。《詩·小雅·出車》：「執訊獲醜，薄言還歸。」鄭玄箋：「執其可言問所獲之眾。」陳奐傳疏：「謂所生得敵人，而聽斷其辭也。」馘，指割取被殺戰俘的左耳，銘文和文獻裏常稱為俘馘、獻馘。《爾雅·釋詁》：「馘，獲也」。郭璞《注》：「今以獲賊耳為馘。」戎功，指抗擊玁狁之戰事。逆，違背。新命，新的任命。贅，字跡不清晰，疑從貝夆聲，讀若鼙，根據語法關係疑有賞賜義。秬鬯，用黑黍米和香草釀製而成的一種酒，用於祭祀，銅器銘

文中周王常常以之賞賜貴族大臣。卣，一種青銅盛酒器。

　　田於鄾卅田，於徥廿田，前一田用如動詞，後一田用如量詞。鄾，從邑𪾢聲，字書所無，疑讀如𪾢（zhì），銘文是地名。徥，亦爲地名。

⑦　𪔅（shāng）鼎，一種大鼎。亯（享）孝，祭祀。前文人，前代有文德之人。《尚書・文侯之命》：「追孝於前文人」，孔穎達疏：「追行孝道於前世文德之人。」嚴在上，趩，（廩、翼）在下，歷來眾說紛紜，筆者以爲大意是：祖先威嚴的神靈高高在上，庇祐保護在下的子孫後代。翼，羽翼，庇祐、保護。穆秉明德，穆，敬也。秉，持。明德，光明的大德。鼟=鼓=，擬聲詞，猶言嗶嗶勃勃，形容聲勢浩大，威力無比的樣子。降余康𤎩屯（純）又（祐）、通錄（祿）永命霝（令）冬（終），眉壽綽綰，昵（畯）臣天子，這幾句客套話又見逨盤和四十三年逨鼎銘文。康，安也。𤎩，從庀從網從又，字書所無，疑是虔字之異，敬也。屯又，讀作「純祐」，純，大也；祐，助也。《尚書・君奭》：「亦惟純祐秉德，迪知天威。」孔安國傳：「文王亦如殷家惟天所大祐，文王亦秉德蹈知天威。」錄，讀作祿；通錄，猶言通祿，多福也。永，長也；永命，長命。霝，讀作令，善也；冬，讀作終；令終，猶言善終也。《詩・大雅・既醉》：「昭明有融，高朗令終。」鄭箋：「天既助女以光明之道，又使之長有高明之譽，而以善名終，是其長也。」昵，讀作畯，典籍作駿。《尚書・武成》：「邦甸侯衛，駿奔走，執豆籩。」孔傳：「駿，大也。邦國甸侯衛服諸侯，皆大奔走於廟執事。」駿臣天子，猶言勤勤懇懇地奔走在天子左右，永遠做天子的臣。[3]

　　四十二年逨鼎銘文之曆朔，應結合四十三年逨鼎辛銘文一起探討。詳見下文。

四十三年逨鼎辛銘文

　　十件四十三年逨鼎器形、花紋、銘文全同，大小相次，內壁皆鑄銘文，31 行，計 316 字，銘文內容相同。兩件器形較小的鼎，銘文分鑄於兩器內壁。

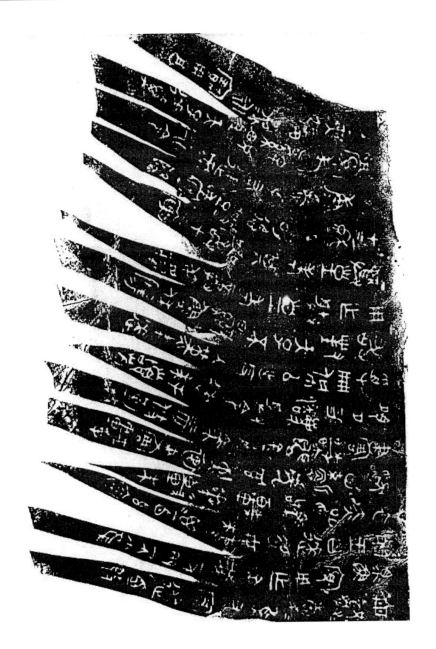

參考釋文

隹（唯）卅又三年六月，既生霸丁亥，王在周康穆宮。①旦，王各
（格）周廟即立（位）。嗣（司）馬壽右吳逨入門立中廷北向（嚮），
史減受王命書，王乎（呼）尹氏冊命逨。②王若曰：「逨！不（丕）
顯文武雁（膺）受大令（命），匍（敷）有（祐）四方，則繇惟乃
先聖考夾盥（召）先王，爵（勞）堇（勤）大命，奠周邦，肆余弗
諟（忘）聖人孫子。③昔余既命女（汝）疋榮兌，覣（攝）嗣（司）
四方吳（虞）替（林），用宮御。④今余惟坙（經）乃先祖考，有爵
（勞）於周邦。⑤黼橐（申就）乃命，命汝官嗣（司）歷人，毋敢

妄（荒）寧，虔凤夕惠雝（雍）我邦小大猷（謀）。⑥雩乃專政事，毋敢不盡不井（型）。⑦雩乃旬（詢）庶又（有）粦，毋敢不中不井（刑）；毋韠_橐_，惟有宥從（縱），乃敊（侮）鰥寡，用作余我一人死不雀死。」⑧王曰：「逨！易（錫）汝秬鬯一卣，玄袞衣、赤舄、駒車、賁車、朱虢靣、靳虎冟、熏裏、畫轉、畫輯、金甬、馬四匹、攸勒，敬凤夕勿灋（廢）朕命。」⑨逨拜稽首，受冊佩以出。反入堇（瑾）圭（珪）。⑩逨敢對天子丕顯魯休揚，用作朕皇考龔弔（叔）鬺（shāng）彝，皇考其嚴在上，遳（廙、翼）在下，穆秉明德，彔=叕=，降余康慶、屯（純）又（祐）、通錄（祿）、永命、需（令）冬（終），眉壽綽綰，畎（畯）臣天子，逨其萬年無彊（疆），子=孫=永寶用亯（享）。⑪

考釋

① 唯卌又三年六月既生霸丁亥（24），既生霸，月相詞語，太陰月的初九，則某王四十三年六月是己卯（16）朔。

② 嗣（司）馬壽，司馬，西周職官名，掌全國的軍事；壽，人名，擔任司馬之職。右，儐祐、導引。吳逨，人名。史淢，史是職官名，淢是人名，擔任史之職。受，接受。命書，書寫王命的書。尹氏，職官名，掌出納王命。冊命，或作策命，王之任命。逨，即吳逨。

③ 本句銘文與四十二年逨鼎銘文相同，可參閱，見上文。

④ 昔，往昔。余，王自稱。昔余既命汝……，指逨盤銘文所記之事，與今余……相對爲文。疋，相也，輔佐、幫助。榮兌，當是人名。氈（攝）嗣（司），職掌、主管，銘文中常見。吳薔，即虞林，指山澤林木及其物產。用宮御，王室宮廷裏祭祀及日常所用。

⑤ 巠，讀作經，本義「織之縱絲謂之經」，引申指型範、榜樣，即以乃先祖考爲榜樣。爵，讀作勞，爲周邦而勤勤懇懇地操勞。

⑥ 鑈橐（申就）乃命，重申對你的任命，增益你的官職。因其聖祖考有勞於王家，且昔已對逨有所任命，故此次重又增益乃命也。官嗣（司），職掌、管理、負責。歷人，歷地的民人。毋，否定性副詞，表示禁止、勸阻，不要。妄，讀作荒；荒寧，荒於職事，貪圖安逸。虔，敬也。凤夕，早早晚晚。惠雝（雍）我邦小大猷（謀），兢兢業業地爲我邦大大小小的事務出謀劃策。

⑦ 雩，句首發語詞。乃，你。專政事，專於政事。井，讀作型，效法。本句意爲：

不要不盡心竭力，不效法你的（聖祖考）。

⑧ 詢，問；庶，官；《尚書・大禹謨》：「惟茲臣庶，罔或干予正。」《尚書・說命》：「旁招俊乂，列於庶位。」孔傳：「廣招俊乂，使列眾官。」詢庶，指有事要多問問同僚。粦，明也，有明，要明辨是非。中，適中。井，讀作刑，指常典；不刑，指不合常典。

　　毋，不要。龔_橐_，可能指縮手縮腳，放不開。宥，寬宥。從，放縱。敄，讀作侮，欺凌。鰥寡，老而無妻曰鰥，老而無夫曰寡。用，由。死，猶言盡職。不雀死，本句意思不明。疑雀讀作爵，不爵死，猶言不鞠躬盡瘁，盡忠盡職。

⑨ 秬鬯，用黑黍米和青茅草做成的一種香酒，主要用於祭祀。卣，一種青銅盛酒器，也用作量詞，猶言一壺鬯酒。玄袞衣，玄，黑色；袞衣，亦稱袞服，是古代帝王、王公穿的繡有龍樣圖案的禮服。西周時已有，《周禮・春官・司服》：「王之吉服，……享先王則袞冕。」鄭注：「袞，卷龍衣也。天子大裘冕，十二章，繡日、月、星辰、山、龍、華蟲、宗彝、藻、火、粉米、黼黻於裳。」赤舄，古代帝王服以祀天之履。《詩・豳風・狼跋》：「赤舄幾幾。」毛傳：「赤舄，人君之盛屨也。」孔穎達疏：「天官屨人，掌王之服屨，為赤舄、黑舄。注云：『王吉服有九，舄有三等，赤舄為上，冕服之舄，下有白舄黑舄，然則赤舄是娛樂活動之最上，故云人君之盛屨也』。」駒車，可能指小馬駒拉的小車子。賁車，當是衛士乘坐的車子。朱虢朄、靳虎冟、熏裏、畫轉、畫輻、金甬，以上是馬車的飾件。攸勒，有彩飾的馬爵和馬籠頭。敬夙夕勿灋（法、廢）朕命，灋（法），讀作廢，荒廢。恭恭敬敬、時時刻刻不要荒廢我對你的任命。

⑩ 受冊佩以出，受冊命命書佩於身而出。反，讀作返。返入，回到中庭。堇（瑾）圭（珪），兩種美的玉佩，是上朝時所配的信物。

⑪ 龔弔（叔），吳逑的亡父名。叔，排行第三。鷺（shāng）彝，大的彝器。以下套語也見於逑盤、四十二年逑鼎銘文，可資參閱。

王世與曆朔

　　本器與上一器之作，應稍晚於逑盤。嚮之說者或據逑盤銘文所記單氏家族八代人輔佐西周十二王（文王至宣王。按：學界對銘文理解有誤，實際是十一位周王，文王至厲王。參閱下文論述），遂將逑鼎諸器屬之於宣王世。然與所知宣王四十二年（前786年）及四十三年（前785年）曆法又不合。（見

《座談紀要》）筆者曾推算四十二年和四十三年逨鼎銘文的曆日關係，並將其與張表厲王四十二年（即共和五年，前 837 年）和厲王四十三年（即共和六年、前 836 年。據《史記》記載推算，厲王元年應爲前 878 年）相應月份的朔日干支進行比勘對照，附以董譜，以便參照。結果如下：

銘文：「唯卅又二年五月既生霸乙卯」，既生霸是初九，干支是乙卯（52），則某王四十二年五月是丁未（44）朔。按：筆者研究發現，四十二年逨鼎銘文五月既生霸乙卯（52）是乙丑（2）的誤記。既生霸是初九，則某王四十二年五月應該是丁巳（54）朔。詳見《逨鼎銘文曆法解疑》一文。[4]

銘文：「唯卅又三年六月既生霸丁亥」，既生霸是初九，干支是丁亥（24），則某王四十三年六月是己卯（16）朔。

筆者所推：四十二年五月丁巳（54）朔（校正後），四十三年六月己卯（16）朔；

張表所推：共和五年五月丁巳（54）朔，共和六年六月庚辰（17）朔；

董譜所推：共和五年五月丁巳（54）朔，共和六年六月辛巳（18）朔。

通過比勘對照可以看出，校正後筆者所推四十二年五月的干支與張表、董譜完全吻合，而四十三年六月的干支比張表遲一日合曆。董譜共和五年五月也是丁巳朔，完全合曆；共和六年六月董譜是辛巳（18）朔，筆者據銘文所推比董譜遲二日合曆。清汪日楨《歷代長術輯要》共和六年六月正是己卯（16）朔，與筆者所推完全一致。己卯朔是當時的眞實曆朔。

再來看宣王相應年份的曆日。

張表所推：宣王四十二年五月辛卯（28）朔，四十三年六月甲申（21）朔，

董譜所推：宣王四十二年五月辛酉（58）朔，四十三年六月乙卯（52）朔，

筆者所推：四十二年五月丁巳（54）朔（校正後），四十三年六月己卯（16）朔。

看得出，張表和董譜所推由於前之閏月安排不同導致干支不同而外，是基本接近的。張表五月是辛卯（28）朔，而銘文五月既生霸乙丑（2）（校正後），據張表本月則無乙丑（2），錯月是辛酉（58）朔，乙丑是月之初五，顯然不合既生霸這個月相詞語所指的時間。張表次年六月是甲申（21）朔，銘文四十三年六月既生霸丁亥（24），是六月初四，含當日相距共四日，同樣不合既生霸這個月相詞語所指的時間。而與本人據銘文所推的結果相差更大。因此，從曆法

的角度來看，逨鼎銘文所記曆日根本不符合宣王世的曆朔，而符合厲王世的曆朔。

需要說明的是，本人所推是基於月相詞語所指時間是定點的、既生霸是初九這一定點月相日的認識，且所推的結果與張表、董譜相比勘，含當日不允許有四日（實際上是三日）及以上的誤差。根據文獻的記載，本人認為厲王紀年應包括共和 14 年在內，共計是 37+14=51 年。詳見《厲王紀年銅器銘文及相關問題研究》以及《從曆法的角度看逨鼎諸器及晉侯穌鐘的時代》等論文。[5] 而其他學者由於認為月相詞語是四分一月的，因此推算結果在與張表進行比勘時，往往允許有五至六天，甚至七到八天的遊移。這種說法是不嚴謹、不科學的，所得數據太不精確，其結果必定不符合曆史事實。西周金文裏的月相詞語是用來紀日的，所以，所指時日在當時是明確而又固定的，不可能有幾日的遊移。

此外，同窖藏出土逨盤，呈方唇，折沿、淺腹、附耳、鋪首，圈足下附四獸足。腹及圈足裝飾竊曲紋，輔首為獸銜環。盤內底鑄銘文 21 行，約 360字，記載了單氏家族 8 代人輔佐西周十一王（文王至厲王）征戰、理政、管理林澤的歷史，對西周王室變遷及年代世系有著明確的記載，可資對西周王世的瞭解和研究。可惜銘文沒有曆日記載，但據銘文所記事件來看，應早於逨鼎諸器。

又，1958 年出土於陝西眉縣馬家鎮楊家村逨鐘一組，鉦間和左鼓有銘文130 字，重文 12。應是同一人所鑄，可惜銘文也沒有曆日記載。[6]

參考文獻

〔1〕《考古與文物》編輯部：《寶雞眉縣楊家村窖藏單氏家族青銅器群座談紀要》，《考古與文物》2003 年第 3 期；文物編輯部：《陝西眉縣出土窖藏青銅器筆談》，《文物》2003 年第 6 期。

〔2〕司馬遷：《史記》第 2879～2880 頁，中華書局點校本 1985 年；王國維：《鬼方昆夷獫狁考》，《觀堂集林》卷十三第 583 至 605 頁，中華書局 1984 年版。

〔3〕葉正渤：《金文標準器銘文綜合研究》第 218 頁，線裝書局 2010 年。

〔4〕葉正渤：《逨鼎銘文曆法解疑》，《鹽城師範學院學報》社科版 2012 年第 6 期。

〔5〕葉正渤：《厲王紀年銅器銘文及相關問題研究》，中華書局《古文字研究》第二十六輯；《從曆法的角度看逨鼎諸器及晉侯穌鐘的時代》，《史學月刊》2007 年第 12 期；《西周共和行政與所謂共和器的考察》，《紀念徐中舒先生誕辰 110 週年學術

研討會論文集》第 162 頁，巴蜀書社 2010 年；收入拙著《金文標準器銘文綜合研究》第 35 頁，線裝書局 2010 年。

〔6〕劉懷君：《眉縣出土一批西周窖藏青銅樂器》，《文博》1987 年第 2 期。參閱葉正渤：《金文標準器銘文綜合研究》第 230 頁，線裝書局 2010 年。

第十節　宣王時期

叔專父盨銘文

　　叔專父盨，又名鄭季盨。1964 年 10 月陝西長安縣張家坡村墓葬出土。體呈橢圓形，直口鼓腹，兩側端有獸首耳，圈足下連鑄四條獸面扁足，蓋面隆起，上有四個曲尺形扉，可以倒置。器、蓋同銘，各 39 字（重文 2）。[1]

銘文

參考釋文

　　隹（唯）王元年，王才成周。①六月初吉丁亥，弔（叔）專父乍（作）奠（鄭）季寶鍾六、金奠盨四、鼎七。②奠（鄭）季其子₌孫₌永寶用。

考釋

① 成周，在雒邑東北二十里地。朱駿聲在其《尚書古注便讀・洛誥》下注曰：「所謂成周，今洛陽東北二十里，其故城也。王城在今洛陽縣西北二十里，相距十

八里。」又在《君陳》篇下按曰：「成周，在王城近郊五十里內。天子之國，五十里爲近郊，百里爲遠郊。今河南河南府洛陽縣東北二十里爲成周故城，西北二十里爲王城故城。」

② 六月初吉丁亥，此六月應是元年之六月。初吉是初一朔，干支是丁亥（24），則某王元年六月是丁亥朔。弔，銅器銘文中讀作叔。叔尃父，作器者人名。父是成年男子的美稱，後世寫作甫。《說文》：「甫，男子美稱也。」乍，作字的初文。奠，讀作鄭；鄭季，人名；季，排行第四。鍾，飲酒器。金奠盨，青銅禮器之盨，器名前冠以金奠字，表示器爲青銅所製，主要用於祭祀，又如楚王酓肯鼎銘「楚王酓肯作鑄金簠」等。

王世與曆朔

說者或以爲本器屬於厲王世器。[2] 銘文「唯王元年，王在成周。六月初吉丁亥」，初吉是初一朔，干支是丁亥（24），則某王元年六月是丁亥朔。厲王元年是前878年，該年六月張表是乙酉（22）朔，比銘文丁亥朔遲二日，基本合曆。董譜該年六月是乙卯（52）朔，錯爲乙酉（22）朔，錯月又遲二日合曆。

或說本器爲夷王元年時器，夷王在位的年數不確定，以通行的說法夷王元年是前885年來看，該年六月張表是丙寅（3）朔，與銘文六月丁亥（24）朔含當日相差二十二日，顯然不合曆。董譜是乙丑（2）朔，與銘文丁亥（24）朔相差二十三日，顯然亦不合曆。

本器銘文所記曆日與宣王元年六月曆朔亦相合。宣王元年是前827年，該年六月張表是戊午（55）朔，錯月是戊子（25）朔，銘文六月丁亥朔比曆表遲一日合曆。董譜宣王元年六月是己未（56）朔，錯月是己丑（26）朔，銘文六月初吉丁亥比董譜錯月又遲二日合曆。

結合厲王元年的師兌簋銘文「唯元年五月初吉甲寅」來考察，五月初吉是甲寅（51），六月就不可能是叔尃父盨銘文的初吉丁亥。所以，本器所記曆日應是宣王元年六月的朔日。

參考文獻

〔1〕趙永福：《陝西長安張家坡西周墓清理簡報》，《考古》1965年第9期。
〔2〕馬承源《商周青銅器銘文選》第276頁，文物出版社1988年。

兮甲盤銘文

宋代出土。清吳式芬《攈古錄》卷三作兮田盤，吳大澂《愙齋集古錄》卷十六作兮伯盤，方濬益《綴遺齋彝器考釋》卷七作兮伯吉父盤。王國維、郭沫若始定名爲兮甲盤。敞口淺腹，窄沿方唇，兩附耳高處器口。盤內底鑄銘文 13 行，133 字。

銘文

參考釋文

隹（唯）五年三月既死霸庚寅，王初各（格）伐厰（玁狁）於䨗𢉖（余吾）。①兮𤰔（甲）從王，執首執訊，休亡（無）敃。②王易（錫）兮𤰔（甲）馬四匹、駒車。王令（命）𤰔（甲）政（徵）辭（治）成周四方責（積），至於南淮=夷=舊我貟（賦）畮（賄）人，毋敢不出其貟（賦），其責（積）、其進人；其貯，毋敢不即餗（次）即市。③敢不用令（命），則即井（刑）撲（撲）伐。④其隹（唯）我者（諸）侯百生（姓），厥貯毋不即市，毋敢或入䜌（闌）宄（宄）貯，則亦井（刑）。⑤兮白（伯）吉父乍（作）般（盤），⑥其眉壽萬年無疆，子=孫=永寶用。

考釋

① 既死霸是二十三日，干支是庚寅（27），則某王五年三月是戊辰（5）朔。各，讀作格，《說文》：「格，擊也。」格伐，猶言抗擊。畞狁，即傳世文獻之玁狁、獫狁，古代居於北方的民族名，匈奴之祖先。《史記‧匈奴列傳》：「匈奴，其先夏后氏之苗裔也，曰淳維。唐虞以上有山戎、獫允、薰粥，居於北蠻，隨畜牧而轉移」。裴駰《集解》引《漢書音義》曰：「匈奴始祖名」。司馬貞《索隱》：「張晏曰：『淳維以殷時奔北邊』。又樂產《括地志》云：『夏桀無道，湯放之鳴條，三年而死。其子獯粥妻桀之眾妾，避居北野，隨畜移徙，中國謂之匈奴。』其言夏后苗裔，或當然也。故應劭《風俗通》云：『殷時曰獯粥，改曰匈奴。』又服虔云：『堯時曰葷粥，周曰獫狁，秦曰匈奴。』韋昭云：『漢曰匈奴，葷粥其別名。』則淳維是其始祖，蓋與獯粥是一也。」由是觀之，獯鬻、獫狁及匈奴，是不同時代之不同稱謂，其始祖淳維乃是夏后氏之苗裔，可見其亦華夏族之一支也。王國維考之甚詳。[1] 這是周王初次格伐玁狁。罟盧，郭沫若讀作徐余、余無，即余吾之對音，地名。

② 兮田，田讀作甲，甲骨文已有之，銘文是人名，字伯吉父。王國維《觀堂別集補》十四曰：「甲者月之始，故其字曰伯吉父。吉有始義，古人名月朔為吉月，以月之首八日為初吉，是其證也。」按：初吉，不是月初的前八日，應是特指初一朔這一日。有《詩‧小雅‧小明》毛傳以及《國語‧周語上》韋昭注為證。伯吉父，即《詩‧小雅‧六月》：「文武吉甫」，毛傳：「吉甫，尹吉甫也，有文有武。」鄭箋：「吉甫此時大將也。」執首執訊，西周銘文中常見此語，猶言有所斬獲俘馘。休，善也。敃，《廣雅‧釋詁》：「亂也。」亡敃，無亂也。

③ 政，讀作徵，徵收。《論語》「苛徵猛於虎」，即用此義。辭，讀作治。成周，周初成王時始建的雒邑，西周銘文中與宗周相對。成周是當時天下的中心，《史記‧周本紀》：「成王在豐，使召公復營洛邑，如武王之意。周公復卜申視，卒營築，居九鼎焉。曰：『此天下之中，四方入貢道里均』。」故天下的貢賦皆輸於此。責，讀作積。《左傳‧僖公三十三年》：「居則具一日之積。」杜預注：「積，蒭、米、菜、薪。」蒭，喂馬的艸料。南淮夷，居住在淮河上中游一帶的原住居民，相當於今天河南東南部、安徽中西部一帶。「淮夷」下有重文號，又做下一句的主語。賮，從貝自，字書所無，據文義當讀作賦。畮，通賄，指布帛等貢賦。淮夷舊（繇）我賮（賦）畮（賄）人，也見於師寰簋銘文。責，讀作積，蓄積。進人，勞役。貯，指市場的財貨。㑉，讀作次，市場裏的倉儲。《周禮》鄭玄注：「次，謂吏所治舍。」㑉，讀作次；即，就也；即

市，猶言隨行（háng）就市。

④ 井，讀作刑。《周禮・地官司徒・司市》：「市刑：小刑憲罰，中刑徇罰，大刑撲罰。其附於刑者歸於士。」厥伐，即撲罰。

⑤ 者，讀作諸；者侯，諸侯，銘文裏常如是用法。百生，讀作百姓，上古時期指百官，見《尚書》，這裡指平民。厥貯，他們的財貨。緣，從二系言聲，是鸞或蠻字的聲符，銘文假借作鸞或蠻字，銘文讀作闌，《說文》：「妄入官撠也。」安，讀作宄；奸宄，盜也。《尚書・微子》：「殷罔不小大，好草竊奸宄。」孔安國傳：「草野竊盜，又為奸宄於外內。」

⑥ 郭沫若曰：「兮伯吉父即《小雅・六月》之『文武吉甫』。伯吉父其字，甲其名，兮其氏。舊亦稱尹吉甫，則尹其官也。」[2] 般，讀作盤，銘文中常見如此用法。

王世與曆朔

本器屬於宣王時器，歷來無異議。《詩・小雅・六月》序：「《六月》，宣王北伐也。」朱熹《詩集傳》：「成、康既沒，周室侵衰，八世而屬王胡暴虐，周人逐之，出居於彘。玁狁內侵，逼近京邑。王崩，子宣王靖即位。命尹吉甫率師伐之，有功而歸。詩人作歌以敘其事也如此。」其詩曰：「薄伐玁狁，至於太原。文武吉甫，萬邦為憲。」此篇銘文所記內容為兮甲從周王征伐玁狁，受到賞賜後，周王又命兮甲從成周至南淮夷徵收貢物，包括弊帛、冠服、奴隸等。銘文還記載，如果被征服的部族不服從，則「即刑撲伐」。陳夢家說：「此盤所記五年王初略伐玁狁應在宣王五年。」[3] 根據文獻記載，本器及以下若干器銘文所記皆與抗擊玁狁有直接的關係，學界基本認定屬於周宣王時器物。

吳其昌稱本器為兮伯吉父盤，曰：「宣王五年（前823年）正月小，丙寅朔；既死霸二十六日得庚寅。」[4] 葉按：吳其昌言「宣王五年（前823年）正月小，丙寅朔……」，當是「三月小，丙寅朔」之誤。且既死霸是定點月相，太陰月的二十三日，不可能是二十六日。吳採用月相四分說，以為一個月相詞語所指時間包含幾日，故有此說，誤甚。

銘文「唯五年三月既死霸庚寅」，既死霸是二十三日，干支是庚寅（27），則某王五年三月是戊辰（5）朔。宣王五年是前823年，該年三月張表是丁卯（4）朔，戊辰比丁卯早一日合曆；董譜是丙寅（3）朔，含當日相差三日，實際早二日合曆。這不僅證明兮甲盤銘文所記曆日符合西周宣王五年三月的曆朔，銘文所記事跡屬於宣王時事，同時也證明本人認為既死霸這個月相詞

語是定點的，指太陰月的二十三日的看法也是正確的。[5]

　　按：兮甲盤銘文所記曆日與厲王五年（前 874 年）三月的曆朔進行比勘，完全不合曆。

附：五年瑪生簋、六年瑪生簋

　　此外，宣王五年器還有五年瑪生簋，即召伯虎簋一。銘文曰：「唯五年正月己丑，瑪生又吏（使）召來合事余獻……」。吳其昌曰：「宣王五年（前 823 年）正月小，丙寅朔；既死霸二十四日，得己丑。與曆譜合。」又按曰：《詩‧大雅‧江漢》：「王命召虎」，毛傳：「召虎，召穆公也。」鄭箋：「召公，召穆公也，名虎。」此召穆公即此器及下一器之召伯虎也。按：宣王五年（前 823 年）正月，張表是戊辰（5）朔，己丑（26）是二十二日，不逢月相日，故只用干支紀日，符合西周銅器銘文的紀時方式。[6]吳其昌說「既死霸二十四日，得己丑，與曆譜合。」誤甚。本篇銘文沒有用月相詞語紀時，是因為己丑不逢月相日。根據銘文所記曆日推算該月的朔日範圍，與兮甲盤銘文所記曆日的確是相銜接的。

　　又：六年瑪生簋，即召伯虎簋二。銘文曰：「唯六年四月甲子，王在旁京。召伯虎告曰：『余告慶。』……」。宣王六年（前 822 年）四月張表是辛卯（28）朔，該月無甲子。錯月是辛酉（58）朔，甲子是初四，亦非月相日，故也只用

干支紀日。比勘曆表和曆譜，五年琱生簋、兮甲盤、六年琱生簋所記曆日完全相銜接，說明這幾件器物的確是宣王時期的。

參考文獻

〔1〕司馬遷：《史記》第 2879～2880 頁，中華書局點校本 1985 年；王國維：《鬼方昆夷玁狁考》，《觀堂集林》卷十三第 583 至 605 頁，中華書局 1984 年版。

〔2〕郭沫若：《兩周金文辭大系圖錄考釋》第 305 頁，《郭沫若全集‧考古編》第八卷，科學出版社 2002 年。

〔3〕陳夢家：《西周銅器斷代》第 323～326 頁，中華書局 2004 年。

〔4〕吳其昌：《金文曆朔疏證》，《燕京學報》第六期，第 1047～1128 頁，1929 年。

〔5〕葉正渤：《金文標準器銘文綜合研究》第 231～235 頁，線裝書局 2010 年。

〔6〕葉正渤：《略論西周銘文的紀時方式》，《徐州師範大學學報》哲社版 2000 年第 3 期；葉正渤：《金文月相紀時法研究》第 43 頁，學苑出版社 2005 年。

虢季子白盤銘文

據傳清道光時期陝西寶雞縣虢川司出土，後為清淮軍將領劉銘傳獲得。[1]劉氏後人捐獻給故宮博物院。器呈長方形，形制巨大，深腹。口外沿下紋飾繁縟，四面各鑄有二環，以便擡運。四邊下有四個方角圈足。盤內底鑄銘文 8 行 111 字，重文 4。虢季子白盤鑄於周宣王時期，與散氏盤、毛公鼎並稱西周三大青銅器。

銘文

參考釋文

佳（唯）十又二年正月初吉丁亥，虢季子白乍（作）寶盤。①丕顯子白，甹（壯）武於戎工（功），經維四方，搏伐嚴狁（玁狁）於洛之陽，執首五百，執訊五十，是以先行。②趕＝（桓桓）子白，獻戒（馘）於王。③王孔加（嘉）子白義。④王各（格）周廟宣廚（榭），爰鄉（饗）。⑤王曰：「白父，孔顯又（有）光。」王賜（賜）乘馬，是用左（佐）王，賜（賜）用弓、彤矢，其央；賜（賜）用氏（鉞），用政（征）繇（蠻）方。⑥子＝孫＝萬年無疆。

考釋

① 唯十又二年正月初吉丁亥，初吉是初一朔，干支是丁亥（24），則某王十二年正月是丁亥朔。虢，周文王弟所封之國。虢仲封於西虢，今陝西寶雞；虢叔封於東虢，在今河南榮陽。歷史上曾有五個虢國。虢季子白，陳夢家說「即虢季氏子白，與虢宣公子白鼎是一人」；又：「虢宣公子白疑即《紀年》所記幽王既死立王子余吾之虢公翰。」[2]

② 甹，讀作壯；壯武，雄壯威武。戎工，即戎功。《詩·周頌·烈文》：「念茲戎功，繼序其皇之。」毛傳：「戎，大；皇，美也。」銘文指搏伐玁狁之軍事行動。經，維繫；經維，猶言經理、治理。四方，代指天下。搏伐，搏擊征伐。玁狁，匈奴之先祖名。洛，洛水，此當指關中渭北之北洛水，不是今河南洛陽附近的洛水。陽，山之南、水之北曰陽。執首，猶言斬首。執訊，俘馘。五十，一說是五千之誤剔。先行，先行報捷。

③ 趕趕，傳世文獻作桓桓，《尚書·牧誓》：「勗哉夫子，尚桓桓，如虎、如貔、如熊、如羆於商郊。」孔安國傳：「桓桓，武貌。」這是形容虢季子白的威武雄壯。戒，從戈從爪，字書所無，寓意以戈斬手，疑是馘字的初文；獻戒，即獻馘。《逸周書·世俘》：「丁卯，望至，告以馘俘」；「辛巳，至，告以馘俘。」

④ 孔，甚也；加，讀作嘉，美也。義，讀作儀。《詩·小雅·賓之初筵》：「飲酒孔嘉，維其令儀。」毛傳：「孔，甚；令，善也。」儀，威儀。

⑤ 各，讀作格，入也。廚，從广射聲，讀作榭；宣廚，位於周廟之內，是天子習射練武的大棚，有頂蓋而無牆。爰，副詞，於是。鄉，讀作饗，燕饗，天子宴會諸侯。

⑥ 王稱虢季子白爲伯父，則王屬於同宗之晚輩。孔顯有光，嘉美有光。這是宣王嘉美虢季子白之辭。賜，從目易，字書所無，當讀作錫，賜也，賞賜。乘

馬，《左傳・昭公二十年》：「以其良馬見，為未致使故也，衛侯以為乘馬。」即未使用過的馬。陳夢家說是乘用之馬。西周乃至春秋戰國時期，尚無乘單騎之馬的習俗，無論是普通交通還是作戰，一般皆乘車，恐怕無秦漢之際的單騎乘馬者。左，讀作佐，輔佐。古代天子賜給諸侯或貴族大臣以弓矢斧鉞，是授予軍事征伐權的象徵。《禮記・王制》：「諸侯賜弓矢，然後征；賜鈇鉞，然後殺。」央，《詩・小雅・出車》：「旟旐央央」，毛傳：「央央，鮮明也。」猶今之鮮豔漂亮。政，讀作征，征伐、征討。緣，讀作蠻；蠻方，指中國（中央之國）周邊的四夷，此指玁狁。

王世與曆朔

吳其昌：「宣王十二年（前816年）正月大，乙酉朔；初吉三日得丁亥。與曆譜合。」[3]

今本《竹書紀年》：「（宣王）三年，王命大夫仲伐西戎；五年夏六月，尹吉甫帥師伐玁狁，至於太原。」銘文所記當指此事。銘文「惟十又二年正月初吉丁亥」，則宣王十二年正月是丁亥（24）朔。宣王十二年（前816年）正月，張表是戊子（25）朔，銘文丁亥（24）遲一日合曆。董譜宣王十二年正月正是丁亥朔，完全合曆。這不僅證明虢季子白盤銘文所記曆日就是周宣王十二年正月之曆朔，盤銘所記就是宣王時之事，而且亦證明本文認為初吉這一定點月相指初一朔的看法是完全正確的。[4]

虢季子白還鑄有虢宣公子白鼎一件。鼎內壁鑄銘文5行27字，無曆日記載。陳夢家在《西周銅器斷代》中說：「虢宣公子白即虢季子白，猶虢文公子𣪘即虢季子𣪘。文公、宣公皆生稱，皆是虢季氏，乃一家，先後為在官『虢公』。文公見存於宣王十二年，是年虢季子白伐玁狁。此鼎稱虢宣公子白，宜在文公既卒之後，應在宣王十二年後。」其說是也。可見直到西周晚期，不僅周王王號生稱、死諡相同，而且諸侯國君的名號也是生稱、死諡相同的。

附：不𡢁𣪘蓋銘文

目前所知存世的西周青銅器中，宣王時的不𡢁𣪘蓋為時代最早的一件。蓋內有銘文13行152字，重文2。不𡢁𣪘器身已佚，僅存其蓋。現藏中國國家博物館。1980年12月山東省滕縣城郊公社後荊溝大隊出土一件器物可以與之相配。

　　本銘所記不嬰與玁狁戰於高陵之役，當晚於虢季子白盤銘文所記子白抗擊玁狁之事。但時間間隔也不會太長。虢季子白率師伐玁狁是在宣王十又二年正月之前，據曆法來看，不嬰簋之鑄則是在次年的九月。銘文「唯九月初吉戊申」，則該年九月是戊申（45）朔。張表宣王十三年（公元前815年）九月是丁未（44）朔，董譜同，銘文戊申（45）朔比曆表曆譜丁未（44）早一日合曆。亦可證初吉的確是初一，月相詞語確實是定點的。此篇銘文不僅內容與抗擊玁狁有關，而且曆日也與虢季子白盤銘文所記曆日相銜接，故附於此以便研究。[6]

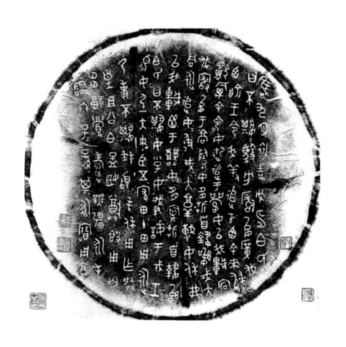

參考文獻

〔1〕詳見臺灣中央研究院歷史語言研究所蔡哲茂教授《虢季子白盤與劉銘傳》一文。載《古今論衡》第15期，2006年10月。葉正渤：《金文標準器銘文綜合研究》第235～239頁，線裝書局2010年。

〔2〕陳夢家《西周銅器斷代》第328頁，中華書局2004年。

〔3〕吳其昌：《金文曆朔疏證》，《燕京學報》第六期，第1047～1128頁，1929年。

〔4〕葉正渤：《月相和西周金文月相詞語研究》，《考古與文物》2002年第3期；《金文月相紀時法研究》第71～132頁，學苑出版社2005年。

〔5〕陳夢家：《西周銅器斷代》第331頁，中華書局2004年。虢宣公子白鼎初著錄於于省吾《商周金文錄遺》90；又見於陳平：《頤和園藏商周銅器及銘文選析》，中華書局《古文字研究》第24輯，2002年。

〔6〕葉正渤：《金文標準器銘文綜合研究》第240～244頁，線裝書局2010年。

克鐘銘文

克鐘相傳於清光緒十六年（1890）陝西省扶風縣法門寺任村出土。同時出土的有大、小克鼎、克盨等器共 120 餘件。傳世克鐘共有五件，根據銘文來看應該是七件，屬編鐘。克鐘銘文共 79 字，分刻於二件鐘的器表，每鐘半篇。另外天津市藝術博物館藏有一器，器形爲鎛，但自銘爲鐘，銘文與克鐘全同，全篇銘文鑄於一器上。

克鐘，平口橢圓體，四道透雕交龍扉棱，左右兩道以鈕相連。干上飾以重環紋，舞部有 4 組對稱的夔形龍紋，篆間飾有竊曲紋，鼓部中央作對稱相背式的卷龍紋，上下各有方錐乳釘絆帶一道，均爲當時的流行紋飾。

銘文

參考釋文

隹（唯）十又六年九月初吉庚寅，王才（在）周康剌宮。①王乎（呼）

士舀召克，王親令克遹涇東至於京自（師、堆），易（錫）克甸車、馬乘。②克不敢⿰（墜），尃奠王令（命），克敢對揚天子休，用乍（作）朕皇且（祖）考白（伯）寶䪢（林）鐘，用匃屯叚（純嘏）、永令（命），克其萬年子=孫=永寶。③

考釋

① 唯十又六年九月初吉庚寅，初吉是初一朔，干支是庚寅（27），則某王十六年九月是庚寅朔。周康剌宮，周，指成王遷都雒邑而建的王城，成周則是在王城以東十八里。康剌宮，宮室名。郭沫若說：「康剌宮，此器僅見。唐蘭謂爲康王廟中之厲王廟，不確。」[1] 郭沫若之說是也。銘文中最早出現「康宮」一詞是西周成王時期的夨令方彝，銘文曰：「癸未，明公朝至於成周，出命……甲申，明公用牲於京宮。乙酉，用牲於康宮。咸既，用牲於王。」成王是康王之父，所以康宮未必就是康王之廟，而是建於西周早期規模比較宏大的宗廟建築群，取名寧靜、安康之義。見拙著《此鼎、此簋銘文曆朔研究》一文。剌宮，應該是位於康宮裏面供奉厲王神主的宮室。由此所透露出來的信息也提示人們，克鐘諸器所屬的時代不可能是厲王之前，而只能是厲王之後的宣王時期。

② 士舀，士是職官名，舀是人名，或隸作曶，郭沫若以爲與舀鼎、舀壺銘文裏的舀，以及蔡簋銘文裏的宰舀當是一人，陳夢家以郭說爲非。筆者以爲陳說是也，因爲出現舀這個人的銘文，其時代不一，有西周中期穆王、懿王時，有西周晚期宣王時，前後相距上百年。本篇銘文裏之舀，是西周晚期人。克，人名，本鐘作器者，即其後銘文裏的善夫克，不過此時尚未做膳夫。王親令克遹涇東至於京自（師），郭沫若說：「言王親自命令可巡省自涇而東以至於京自之地。」自，甲骨文或金文一般釋作師或堆，爲駐軍之所。京自，地名，含有高陵之義。易，讀作錫，賜也。甸車，即田車，一種輕便安穩便於田獵的車子。馬乘，四匹馬。古代戰車一車四馬，因曰馬乘。

③ ⿰，墜字的初文，本義是墜落，引申指怠惰、鬆懈。不敢⿰（墜），不敢怠惰鬆懈。尃奠，郭沫若說：「尃、溥，大也；奠，鄭，重也。尃奠王命，猶言鄭重王命。」敢，謙敬副詞。對揚，答揚。休，美好的賞賜。朕，我，克自稱。皇，大也。考伯，皇祖之名。說者或以爲皇祖、皇考是兩代人，筆者根據銘文通例，認爲當是一人。寶䪢（林）鐘，鐘名，銘文中常如是說。林鐘，古代律制之一種。詳細參閱《漢書・律曆志》。匃，祈、祈求。屯叚，讀作純嘏，猶言大福。《詩・小雅・賓之初筵》：「錫爾純嘏，子孫其湛。」朱熹《詩集傳》：「嘏，福；

湛，樂也。」永命，長命。

王世與曆朔

吳其昌曰：「厲王十六年，七月小，乙酉朔；九月大，甲申朔；初吉七日，適得庚寅。與曆譜合。」吳其昌在克尊條下曰：「此尊與下克鐘、克敦、克簋、克鼎，同為一人所鑄之器。此鼎作於十六年七月，克鐘作於十六年九月，克敦、克簋作於十八年十二月，克鼎作於二十三年九月，正相銜接。於十六年七月之既生霸中，須有乙未；九月初吉中，須有庚寅；十八年十二月之既望中，須有庚寅；三者皆吻合不牾，則無論如何，是王必為厲王，決不可易。不必推勘字體，然後知為厲王時也。」[2] 但郭沫若說：「克鐘有十六年九月初吉庚寅，克盨有十八年十二月初吉庚寅……十六年九月初吉既有庚寅，十八年十二月初吉中不得有庚寅」；「用知此數器不屬於一王」，故郭沫若定克鐘為夷王之世而定克鼎為厲王之世。[3] 陳夢家則定克鐘、大小克鼎、克盨皆為夷王時器。[4]

吳其昌所說的克尊，即伯克壺，銘文曰「唯十又六年七月既生霸乙未，伯大師錫伯克僕卅夫。」筆者研究認為，既生霸是太陰月的初九，則某王十六年七月是丁亥（24）朔。而克鐘銘文「唯十又六年九月初吉庚寅」，初吉是初一朔，則某王十六年九月是庚寅（27）朔。根據大小月相間的曆法常識排比干支表，十六年七月是丁亥（24）朔，那麼九月就不可能是庚寅（27）朔，只能是丙辰（23）朔。說明伯克壺所記曆日與克鐘、克盨等器銘文所記曆日不相銜接，因此不屬於同一王世，也不是同一人所鑄之器。筆者曾研究認為，伯克尊（壺）銘文所記十六年七月丁亥（24）朔，張表、董譜厲王十六年（前863年）七月皆是丁亥（24）朔，與銘文正合。[5] 說明伯克尊（壺）銘文所記曆日是厲王十六年七月的。

吳其昌說克鐘合於厲王十六年九月「初吉七日，適得庚寅。與曆譜合」，這是欠妥的。因為初吉這個月相詞語與其他幾個月相詞語一樣，都是定點的，而不是四分一月的。厲王十六年（前863年）九月張表是丙戌（23）朔，董譜同，丙戌（23）距銘文初吉庚寅（27）含當日相差五日，顯然不合曆。既然曆日不合，克鐘就不可能是厲王十六年九月的。

郭沫若、陳夢家皆定克鐘為夷王時器，但是銘文「王在周康剌宮」已提示

人們，剌宮是位於康宮裏面供奉厲王神主的廟室，因此，克鐘不可能是厲王之前器物。況且夷王在位年數史無明載，史家又眾說紛紜，因此也無法驗證。基於上述看法，筆者遂將克鐘所記曆日與宣王十六年九月朔日進行比勘對照，其結果如下。

銘文「唯十又六年九月初吉庚寅」，初吉是初一朔，則宣王十六年九月是庚寅（27）朔。宣王十六年（前 812 年）九月，張表是庚申（57）朔，董譜同（按：董作賓《西周年曆譜》誤作庚辛[6]），張表十月是庚寅（27）朔，董譜八月是庚寅朔，張表與董譜錯月則為庚寅朔，與銘文正合。所以，克鐘所記的曆日符合宣王十六年九月的曆朔。

此外，經過比勘克鐘銘文所記曆日不合厲王十六年九月的曆朔，筆者又試著從厲王元年的前 878 年向前比勘張表和董譜，符合九月庚寅（27）朔或近似者的年份有：

前 879 年九月，張表是己未（56）朔，董譜同，錯月是己丑（26）朔，比銘文庚寅（27）朔遲一日合曆，則某王元年是前 894 年。

前 900 年九月，張表是辛酉（58）朔，錯月是辛卯（28）朔，董譜是辛卯（28）朔，比銘文庚寅（27）早一日合曆，則某王元年是前 915 年。

前 905 年九月，張表是庚寅（27）朔，合曆；董譜是庚申（57）朔，錯月是庚寅（27）朔，合曆，則某王元年是前 920 年。

以上所得年份皆不是共有元年，故不取。

有人把伯克尊（壺）銘文隸作十六年十月既生霸乙未，筆者核對銘文摹本，應是七字。這是把金文十當作戰國以後的十來看待，其實金文十是七字，這是研究古文字的人都知道的。

至於克鐘與克鼎、克盨銘文的曆日關係，筆者研究發現克盨銘文所記月相詞語有誤，校正後才與克鐘銘文所記曆日相銜接，銘文所記符合宣王時的曆朔。詳見《克盨銘文曆朔研究》。

參考文獻

〔1〕郭沫若：《兩周金文辭大系圖錄考釋》第 241 頁，《郭沫若全集‧考古編》卷八，科學出版社 2002 年。

〔2〕吳其昌：《金文曆朔疏證》，《燕京學報》第六期，第 1047～1128 頁，1929 年。

〔3〕轉引自陳夢家《西周銅器斷代》第 260 頁，中華書局 2004 年。

〔4〕陳夢家：《西周銅器斷代》第 259～266 頁，中華書局 2004 年。

〔5〕葉正渤：《金文月相紀時法研究》第 185 頁，學苑出版社 2005 年。

〔6〕葉正渤：《〈西周年曆譜〉校讀》，鹽城師範學院學報 2010 年第 2 期。

克鎛銘文

清光緒十六年（1890 年）出土於陝西省岐山縣法門寺任村。據傳同窖共出土 120 餘件銅器，有克鎛、克鐘及中義父鼎等器。原爲潘祖蔭舊藏，後工部侍郎張翼於光緒三十年（1904 年）在北京琉璃廠購得珍藏，然後其子張叔誠於 1981 年捐獻。現藏天津博物館。

克鎛橢圓形，平口，頂中央有一小圓孔。鈕飾夔紋，自鈕向兩旁下垂有隆起的連環夔紋，近於口。正、背兩面中央各有垂直隆起的連環紋一條。兩條夔紋和自鈕下垂的兩條夔紋形成四個對稱的棱。鎛體有兩條帶狀橫圈，上圈接近頂，下圈接近口。兩條橫圈內共有菱形枚十六枚（近似於乳釘）。正、背兩面中部各有相對的二條大夔紋。下面一圈圍帶之下鑄有銘文 16 行計 79 字。〔1〕

銘文

參考釋文

隹（惟）十又六年九月初吉庚寅，王在周康剌（烈）宮。①王乎（呼）士曶召克，王親令（命）克遹涇東，至於京自（師、堆），易（錫）克佃車，馬乘。②克不敢豕（墜），專奠王命。③克敢對揚天子休，用作朕皇祖考伯寶謺（林）鐘，用匃屯叚用令（命）。④克其萬年

子孫永寶。

考釋

① 唯十又六年九月初吉庚寅，初吉是初一朔，則十六年九月庚寅（27）朔。周，指成王遷都雒邑而建的王城，成周則是在王城以東十八里。康刺宮，或即位於周康宮中供奉厲王神主的宮室名，爲克器僅見。郭沫若說：「康刺宮，此器僅見。唐蘭謂爲康王廟中之厲王廟，不確。」[1] 郭沫若之說是也。銘文中最早出現「康宮」一詞是西周成王時期的夨令方彝，銘文曰：「癸未，明公朝至於成周，出命……甲申，明公用牲於京宮。乙酉，用牲於康宮。咸既，用牲於王。」成王是康王之父，所以康宮未必就是康王之廟，而是建於西周早期規模比較宏大的宗廟建築群，取名寧靜、安康之義。總之，康宮非康王之廟。見《此鼎、此簋銘文曆朔研究》一文。由此所透露出來的信息也提示人們，克鐘諸器所屬的時代不可能是厲王之前，而只能是厲王之後的宣王時期。

② 士曶，人名。克，也是人名，據說就是膳夫克。遹，循也，沿著。涇東，涇水之東。𠂤，在甲骨卜辭和銅器銘文中一般釋作師。也有釋作堆。京𠂤，即後世的京師，京城附近地區。佃，《說文》：「中也，從人，田聲。《春秋傳》曰：『乘中佃，一轅車。』」可能指中等的車子，一轅，二馬。

③ 㒸，讀作墜，本義是墜落，引申指懈怠、疏忽之意。尃，《說文》：「布也」。奠，《說文》：「定也。」猶言出納王命。《詩・大雅・烝民》：「出納王命」，鄭注：「出王命者，王口所自言，承而施之也。」

④ 寶䛨（林）鐘，鐘名，說明鐘是一種敲打樂器。本器形制較古，爲鑄中之出類拔萃者。參閱克鐘銘文考釋。

王世與曆朔

克鎛銘文與克鐘銘文相同，學界或以爲厲王時器，或以爲宣王時器。筆者研究克鐘所記的曆日，認爲符合宣王十六年九月的曆朔。所以，克鎛所記曆日也應該是宣王十六年九月的曆朔。參閱《克鐘銘文曆朔研究》、《克盨銘文曆朔研究》等文。

參考文獻

〔1〕陳邦懷：《克鎛簡介》，《文物》1972 年第 6 期。

〔2〕郭沫若：《兩周金文辭大系圖錄考釋》第 241 頁，《郭沫若全集・考古編》卷八，科學出版社 2002 年。

克盨銘文

克盨傳光緒十六年（1890）陝西扶風縣法門寺任村窖藏出土。同時出土的有大、小克鼎、克盨等器共 120 餘件。盨作橢方體，子母口，腹微鼓，腹兩側有一對獸首耳，圈足外侈，每面的正中有長方形缺，蓋隆起，上有四個矩形扉。蓋頂飾雙頭夔紋，扉上飾夔紋，蓋沿、器沿和圈足均飾竊曲紋，蓋上和器腹飾瓦紋。器、蓋內鑄銘文 10 行 106 字，器蓋同銘。[1]

銘文

參考釋文

佳（唯）十又八年十又二月初吉庚寅，王才（在）周康穆宮。①王令尹氏友史趛，典薑（膳）夫克田、人。②克拜頓（稽）首，敢對天子不（丕）顯魯休揚，用乍（作）旅盨，佳（唯）用獻於師尹、倗（朋）友、昏遘（婚媾）。③克其用朝夕言（享）於皇且（祖）考，皇且（祖）考其數=彔=，降克多福，眉壽永令（命）。④眈（畯）臣天子，克其日易（錫）休無彊（疆）。⑤克其萬年子=孫=永寶用。

考釋

① 唯十又八年十又二月初吉庚寅，初吉指初一朔，則某王十八年十二月是庚寅（27）朔。周康穆宮，位於周的宮室名，即位於周康宮（規模較大的建築群）

裏的穆宮，供奉穆王神主的宮室。周指成王遷都雒邑而建的王城，成周則是在王城以東。

② 尹氏，郭沫若說：「即內史，言『尹氏友史趛者』，蓋趛已以史爲氏也。別有史趛鼎……。」〔2〕郭沫若似乎把尹氏和史趛看作是一個人，而陳夢家把史趛看成是尹氏的同僚，是兩個人。友，同僚。史趛，史是史官，即內史，趛是人名，擔任史之職。典，錄簿、登記，用法同格伯簋銘文「用典格伯田」。譱夫克，人名，即膳夫克。田、人，王賜給膳夫克的土田和附屬於土田上的人。

③ 魯，《說文》：「鈍詞也。」魯鈍，本指人的性格憨厚淳樸。銅器銘文中魯休常連用，魯休，休也，有美好的賞賜之意。此處多出一個揚字，顯得有些不合辭例。旅盨，一種帶蓋的食器，把蓋翻過來可當作盤子使用。獻，進獻。《說文》：「宗廟犬名羹獻。犬肥者以獻之。」段注：「此說從犬之意也。《曲禮》曰：『凡祭宗廟之禮，犬曰羹獻。』按：羹之言良也。獻本祭祀奉犬牲之偁。引伸之爲凡薦進之偁。」師尹、倗（朋）友、昏遘（婚媾），師友同僚與婚媾之事。

④ 朝夕，早早晚晚。亯，即享字，銘文中或享孝連言，祭也。䵼_橐_，降克多福，押韻，也見於宗周鐘銘文，猶言蓬蓬勃勃，降給膳夫克許多福。眉壽，長壽，古人以爲人有毫眉秀出者爲長壽之相。永，長久；永命，長命。

⑤ 䀈，讀作畯或俊，長久；臣，臣事。䀈（畯）臣天子，銘文中常見，猶言長久地做天子的臣。克，膳夫克自稱；其，推測語氣詞；日，猶言日日，每日，名詞活用作副詞，做狀語；易，讀作錫，賜也；休，美也；無彊（疆），沒有疆界，引申指時間上永遠沒有邊際。

王世與曆朔

郭沫若定其爲厲王之世，陳夢家說「此器作於夷王十八年，約當公元前870年左右。」按照陳夢家的說法，則夷王元年是公元前887年。下面來驗證一下看結果如何。

銘文「唯十又八年十又二月初吉庚寅」，初吉是初一朔，則某王十八年十二月是庚寅（27）朔。張表公元前870年十二月是丙寅（3）朔，丙寅距庚寅（27）含當日相距二十五日，顯然不合曆。董譜前870年十二月是乙未（32）朔，距銘文庚寅（27）朔含當日相距六日，亦不合曆。且筆者根據《史記》記載推算厲王元年是前878年，這已爲多件厲王時期的銅器銘文所記曆日證

實，[3] 前 870 年屬於屬王紀年範圍之內，因此，陳夢家說本器約作於前 870 年左右的夷王十八年不可信。由此可以倒推陳說夷王元年是前 887 年同樣也不能成立。

郭沫若定其爲屬王時器，張表屬王十八年（前 861 年）十二月是癸酉（10）朔，董譜同。癸酉（10）距銘文庚寅（27）朔含當日相差十八日，顯然與屬王十八年十二月曆朔亦不合曆。

吳其昌稱克盨爲克簋，曰：「克敦：隹十又八年，十又二月，初吉庚寅。（現藏瑞典國立博物院）克簋：隹十又八年，十又二月，初吉庚寅。按：屬王十八年（前 861 年）十二月小，辛未朔；既望二十日，得庚寅。『初吉』當是『既望』之誤，說詳《考異二》。」[4]

假如銘文「唯十又八年十又二月初吉庚寅」如吳其昌所說是既望之誤，下面也來驗證一下，看結果如何？設銘文是「唯十又八年十又二月既望庚寅」，既望是十四日，干支是庚寅（27），則十二月應該是丁丑（14）朔。前 861 年十二月張表是癸酉（10）朔，董譜同，癸酉（10）距丁丑（14）含當日相差五日，顯然不合曆。這就是說，即使銘文誤記月相詞語了，但所記也不是屬王十八年十二月的曆日。

不過，善夫克鑄有克鐘七件（十六年鑄），大克鼎一件，克盨一件（十八年鑄），小克鼎七件（二十三年鑄），陳夢家說，克鐘與善夫克鼎、盨同出一窖，應是一人。（《斷代》第 259 頁）據此可以將克之諸器銘文聯繫起來進行考察。

克鐘銘文：「唯十有六年九月初吉庚寅，王在周康剌宮……」，郭沫若說：「克鐘有十六年九月初吉庚寅，克盨有十八年十二月初吉庚寅……十六年九月初吉既有庚寅，十八年十二月初吉中不得有庚寅」；「用知此數器不屬於一王」，故其定克鐘爲夷王世而定克鼎爲屬王世。（轉引自陳書第 260 頁）筆者以吳其昌之說比勘克鐘銘文與克盨銘文所記曆日，驚人地發現克盨銘文所記月相詞語初吉可能眞如吳其昌所說是既望之誤，校正後兩器銘文所記曆日完全銜接。也就是說，克鐘、克盨諸器應該屬於同一王世。分析驗證如下。

克鐘銘文：「唯十有六年九月初吉庚寅」，初吉是初一朔，則某王十六年九月是庚寅（27）朔。設克盨銘文是「唯十又八年十又二月既望庚寅」，既望是十四日，則某王十八年十二月應該是丁丑（14）朔。從十六年九月到十八

年十二月，按大小月相間排比干支表，如下：

王年	正月	二月	三月	四月	五月	六月	七月	八月	九月	十月	十一月	十二月	十三月
十六年									庚寅	庚申	己丑	己未	
十七年	戊子	戊午	丁亥	丁巳	丙戌	丙辰	乙酉	乙卯	甲申	甲寅	癸未	癸丑	癸未
十八年	壬子	壬午	辛亥	辛巳	庚戌	庚辰	己酉	己卯	戊申	戊寅	丁未	丁丑	

　　在這近三年中當安排一個閏月三十日。校正十八年十二月的月相詞語後所得到的朔日干支，與排比干支表所得的干支完全相同，皆是丁丑（14）。這決不是偶然的巧合，與三年師兌簋銘文的既望誤記作初吉相同。校正後得到兩個相互制約的曆日數據分別是：十六年九月庚寅（27）朔，十八年十二月丁丑（14）朔，完全銜接。下面以此來比勘驗證，看符合哪一個王世。

　　先來驗證厲王之世。厲王十六年是前863年，該年九月張表是丙戌（23）朔，董譜同，丙戌距銘文的庚寅（27）朔含當日相差五日，顯然不合曆。厲王十八年是前861年，該年十二月張表是癸酉（10）朔，董譜同，癸酉距校正後的銘文丁丑（14）朔含當日也相差五日，顯然亦不合曆。

　　再來驗證宣王之世。宣王十六年是前812年，該年九月張表是庚申（57）朔，董譜同，錯月是庚寅（27）朔，與克鐘銘文九月初吉庚寅相合。宣王十八年是前810年，該年十二月張表是戊寅（15）朔，校正後的克盨銘文丁丑（14）比曆表遲一日合曆；該年十三月張表是丁未（44）朔，與銘文丁丑（14）錯月合曆。該年十二月董譜是丁未（44）朔，錯月則是丁丑（14）朔，與校正後的克盨銘文完全合曆。董譜在宣王十七年置一閏，所以與校正後的曆日錯月相合。由此看來，十六年克鐘和十八年克盨銘文所記曆日符合宣王之世，且十八年克盨銘文「十二月初吉庚寅」，很可能是蒙十六年克鐘銘文「九月初吉庚寅」而誤記，實際應作「十二月既望庚寅」。

　　另外，善夫克還鑄有小克鼎七件，其銘文曰：「唯王廿又三年九月，王在宗周。王命膳夫克捨命於成周遹正八師之年，克作朕皇祖釐（xǐ）季寶宗彝。」可惜銘文九月之後未記干支，無法進行驗證。但是，從時間方面來看，應該是接在克鐘、克盨之後。

　　此外，善夫克還鑄有大克鼎一件，銘文沒有時間記載，但是根據銘文所記王對善夫克的任命來看，大克鼎銘文是重命，因此，其時間應該在克鐘之後，克盨之前。銘文曰：「克，昔余既令女出納朕令，今余唯申就乃令，賜

汝……」，申就，是重新任命的意思，銘文常見。

陳夢家在《西周銅器斷代》中根據鄒安的說法，「疑是仿刻，不可信。」（265／2004）但細審拓片，除了首字「隹」有些不太像以外，銘文的字體風格與西周晚期的銘文很相近，似不假。

本文認爲十六年克鐘和校正後十八年克盨銘文所記曆日相銜接，符合宣王世的曆朔，克盨銘文「十八年十二月初吉庚寅」，當如吳其昌所說是「十二月既望庚寅」的誤記。

參考文獻

〔1〕陳夢家：《西周銅器斷代》第 264 頁，中華書局 2004 年。以下所引陳說，均據此書。

〔2〕郭沫若：《兩周金文辭大系圖錄考釋》第 263 頁，上海書店出版社 1999 年。

〔3〕葉正渤：《西周若干可靠的曆日支點》，《殷都學刊》2014 年第 1 期。

〔4〕吳其昌：《金文曆朔疏證》，《燕京學報》第六期，第 1047～1128 頁，1929 年。

趞鼎銘文

趞鼎，圓腹呈大半球形，直口圓底，二立耳，窄口折沿，三蹄足，頸部飾二道弦紋。與頌鼎器型相同。內底鑄銘 10 行 96 字，重文 2。[1]

銘文

參考釋文

隹（唯）十又九年四月既望辛卯，王才（在）周康邵（昭）宮，各（格）於大室，即立（位）。①宰訊（訊）右（佑）趞入門，立中廷，北鄉（向）。②史留受王令（命）書，王乎（呼）內史裔「冊易（錫）趞玄衣屯（純）黹、赤市、朱黃、䜌（鸞）旂、攸勒，用事。」③趞拜稽首，敢對揚天子不顯魯休，用乍（作）朕皇考鏊白（伯）、奠（鄭）姬寶鼎，④其眉壽萬年，子＝孫＝永寶。

考釋

① 唯十又九年四月既望辛卯，既望是十四日，干支是辛卯（28），則某王十九年四月是戊寅（15）朔。周，指成王遷都雒邑而建的王城，成周則是在王城以東十八里。康邵宮，位於康宮中的昭宮。《商周青銅器銘文選》曰：令方彝銘：「甲申，明宮用牲於京宮。乙酉，用牲於康宮，咸，既用牲於王。」京宮和康宮都是周人的宗廟，京宮是祧宮，即遷主所藏廟，也就是遠祖廟。康宮中有康穆宮和新宮等，應是禰廟。[2]康宮未必就是康王之廟，而是西周早期所建的一個規模宏大的宗廟建築群。說見拙文《此鼎、此簋銘文曆朔研究》一文。

② 宰，職官名，輔佐國君執政的百官之長。《穀梁傳·僖公九年》：「天子之宰，通於四海。」訊，訊字的或體，從言從卂，表示執言以問的意思。銘文用作人名，擔任宰之職。宰訊，是大宰的屬官。右，儐相、導引。趞，從走從馬，或馬聲，《說文》所無，銘文是人名，受王賞賜者。中廷，猶言中庭。北鄉，北向。

③ 史留，馬承源認爲是史籀。《說文·敘》：「及宣王太史籀著大篆十五篇，與古文或異。」段注：「太史，官名。籀，人名也，省言之曰史籀。」《漢書·藝文志》：「史籀十五篇」，顏師古注：「周宣王太史作大篆十五篇。」今由此篇銘文知史籀確有其人。初任職於厲王之世，歷經共和至宣王之時，始爲史，後爲太史。[3]內史，職官名。裔，字似從倒皿，从女，或是「沐」字之異構，內史人名，《說文》所無。易，讀作錫，賜也。冊易，疑是把王冊命賞賜給趞的品物記錄在簡冊上的意思。玄衣屯（純）黹，繡著花邊的黑色衣服。朱黃，即朱珩或朱衡，一種紅色玉佩。䜌，讀作鸞；鸞旂，鑲有鸞鳥的旗幟。攸勒，有裝飾的馬爵子和馬籠頭。用事，用心於職事。

④ 皇考鏊伯、鄭姬，趞的亡父亡母之名。

王世與曆朔

馬承源說：「趞鼎紀年應合於周厲王十九年四月既望辛卯日。」陳夢家說：「此器與頌鼎最相似，其相同之點如下：受命於周康邵宮，右者為宰，有令書，賞賜的命服、旂、攸勒，花紋形制。所不同者，頌鼎作於三年，尹氏受王命書，史冊令之，受令冊反入董圭，銘末有嘏辭；此鼎作於十九年，史受王令書，內史冊易，銘末無嘏辭。」又說：「此器宰、史、內史之名，皆未見他器。十九年四月既望辛卯與克盨十八年十又二月初吉庚寅，不相銜接。以裘盤『奠伯、奠姬』之例例之，作器者的皇考亦當為奠伯。」[4] 陳夢家把本器、頌鼎及克盨等器皆置於夷王時期。裘盤屬於厲王二十八年時器，這基本已成定論。裘盤銘文所記周王賜給裘的品物以及辭例與本器銘文基本相同。裘盤銘文：「史䛐受王令書，乎史減冊，易裘玄衣黹屯、赤市、朱黃、䜌（鑾）旂、攸勒、戈琱㦽䵼必（柲）彤沙。」不過，王所賜品物有些也同於穆王時的二十四年𩁹簋銘文「易（錫）汝赤市、幽璜、金車、金勒、旂。汝迺敬夙夕勿灋（廢）朕命」，二十七年衛簋銘文「王呼內史易衛載（緇）市（韍）、朱黃（衡）、䜌（鑾）」等。

銘文「唯十又九年四月既望辛卯」，既望是十四日，干支是辛卯（28），則某王十九年四月是戊寅（15）朔。宣王十九年（前 809 年）四月張表是乙巳（42）朔，董譜同，錯月是乙亥（12）朔，距銘文戊寅（15）朔含當日相差四日，顯然不合曆，但近是。陳夢家說「十九年四月既望辛卯與克盨十八年十又二月初吉庚寅，不相銜接。」陳說屬實。本文置克盨於宣王十八年，並據吳其昌之說克盨銘文「十八年十二月初吉庚寅」（27）是既望庚寅之誤。見前文《克盨銘文曆朔研究》。筆者曾定趞鼎為宣王時器，曰：「既望是十四日，則宣王十九年四月戊寅朔。張表、董譜皆為乙巳朔，錯一月又遲三日。在這之前可能還有三個連小月。」[5] 但是同樣發現與屬於宣王時期的克盨、吳虎鼎銘文所記曆日不相銜接。現比較如下：

克盨銘文：唯十又八年十又二月既望（校正後）庚寅，則某王十八年十二月是丁丑（14）朔。

吳虎鼎銘文：唯十又八年十又三月既生霸丙戌，則某王十八年十三月是戊寅（15）朔。

　　趩鼎銘文：唯十又九年四月既望辛卯，則某王十九年四月是戊寅（15）朔。

　　某王十八年十三月是戊寅（15）朔，按照一般曆法規律，某王十九年四月就不會是戊寅（15）朔，除非在此之前有三個連小月。宣王十九年是前809年，張表從前810年七月份以後出現兩次二個連大月，又在年終置一閏，到809年正月以後也並非大小月相間，董譜這兩年的月首日干支也並非完全是大小月相間那樣有規律。這些現象說明當時的曆法狀況可能比較特殊。如果是這樣，那麼克盨銘文（校正後）、吳虎鼎銘文和趩鼎銘文所記曆日就相銜接，符合宣王世的曆法。

　　比勘厲王十九年（前860年）四月，張表是壬申（9）朔，壬申距戊寅（15）含當日相差七日，不合曆。董譜該年四月是辛未（8）朔，距戊寅（15）含當日相差八日，亦不合曆。陳夢家把趩鼎、克盨和頌鼎等器置於夷王世，但夷王在位一般認為不足十九年，而董作賓、陳夢家等認為夷王在位超過三十年，所以一些高紀年銅器銘文他們皆置於夷王世。夷王元年是何年？至今未知，因此不好比勘驗證。

　　根據本人所推西周諸王元年和諸王在位的年數，趩鼎銘文所記曆日有可能符合穆王、共王或懿王的紀年。比勘張表和董譜，發覺與懿王、共王十九年四月的曆朔皆不合，但與穆王十九年四月的曆朔相合。本文推得穆王元年是前1003年，則穆王十九年是前985年。該年四月張表是丁丑（14）朔，董譜同，銘文戊寅（15）朔比曆表曆譜早一日合曆。不過，趩鼎的形制類似毛公鼎、頌鼎、吳虎鼎，圓腹，圜底，二立耳，腹飾二道弦紋。這些都是西周晚期鼎的形制特徵，因此筆者最終還是把趩鼎置於宣王世。

參考文獻

〔1〕《上海博物館集刊》1982年。又：《圖象集成》5-348。
〔2〕馬承源：《商周青銅器銘文選（三）》第293～294頁，文物出版社1988年。
〔3〕同〔2〕。
〔4〕陳夢家：《西周銅器斷代》第282頁，中華書局2004年。
〔5〕葉正渤：《金文月相紀時法研究》第188頁，學苑出版社2005年。

吳虎鼎銘文

　　吳虎鼎，1992 年陝西省長安縣申店鄉徐家寨村黑河引水工地出土。體呈半球形，平折沿，口沿上一對立耳，三條蹄足。口沿下飾變形獸體紋。鼎內壁鑄銘文 16 行約 163 字。[1]

銘文

參考釋文

　　隹（唯）十又八年十又三月既生霸丙戌，王在周康宮徲（夷）宮。①道內右吳虎，王令（命）善（膳）夫豐生、嗣（司）工（空）鵨（雍）毅繩（繩、申）剌（厲）王命，取吳盉舊強（疆）付吳虎。②厥北疆涵人眔（及）疆，厥東疆倌人眔疆，厥南疆畢人眔疆，厥西疆旁姜眔疆。③厥誑（俱）履弄（封），雍毅、白道內、司徒寺〔柰〕。④吳虎拜稽首，天子休。賓〔膳〕夫豐生章（璋）、馬匹，賓司空鵨（雍）毅章（璋）、馬匹，賓內司土（徒）寺柰復（璧），爰書，尹友守史（事），迺（乃）賓史柰（賣）韋（幃）兩。⑤虎拜手稽首，敢對揚天子不（丕）顯休。用乍（作）朕皇且（祖）考庚孟奠鼎，⑥其子=孫=永寶。

考釋

① 唯十又八年十又三月既生霸丙戌，既生霸是初九，干支是丙戌（23），則某王十八年十三月是戊寅（15）朔。周，指成王遷都雒邑而建的王城，成周則是在王城以東十八里。康宮，西周初期所建規模宏大的宗廟建築群，不一定是康王之廟。參閱《此鼎、此簋銘文曆朔研究》。𢼸，讀作夷，夷宮，供奉夷王神主的廟室。𩰬攸比鼎銘文有「周康宮𢼸大室」之語，當即此𢼸宮。

② 道內，根據辭例當是人名，即下文之白道內。右，儐佑，導引吳虎者。吳虎，人名，是受封賞者，同時也是作器者。李學勤以爲「此吳當讀爲虞衡之虞，是官名」。[2] 據《周禮》虞衡是守山林川澤之官。根據西周銘文辭例也應該是人名。善，讀作膳，膳夫，西周職官名，負責王之飲食膳羞。據西周金文來看，也掌出納王命。豐生，人名，擔任膳夫之職。西周金文中還有膳夫克、膳夫山等。司工，即文獻裏的司空，西周職官名，負責工程建築之類的事務。鷅，從鳥（𤄍）聲，讀作雍；雍毅，人名，擔任司空之職。𩔖，讀作緟，繼也；或讀作申，謂重命、續命。西周金文中多見之，其字異體較多。刺王，即厲王。取，字的左側不太清楚，右側從又，據銘文當是取字。吳𧻚，人名，字書所無，疑是吳虎的先人或同宗先人名。舊疆，原有的疆域。付，給予。

③ 涵，地名，據說位於古長安西城門北。涵人，居於涵地之民人。倌，也是地名，當位於蒡京附近。畢，地名。《孟子・離婁下》：「文王生於岐周，卒於畢郢。」趙岐注：「畢，文王墓，近於豐鎬之地。」大約位於今西安市南與長安縣交界處。蒡，或稱蒡京，地名，西周金文中多見，或讀作豐鎬之豐。[3]《史記・周本紀》：「明年，伐崇侯虎，而作豐邑，自岐下而徙都豐。」《集解》：「徐廣曰：『豐在京兆鄠縣東，有靈臺。鎬在上林昆明北，有鎬池，去豐二十五里，皆在長安南數十里。』」[4] 蒡姜，居住於蒡京的姜姓之人。受民受疆土，是西周分封制的基本內容。大盂鼎銘：「雩！我其遹省先王，受民受疆土。」與此正同。

　　值得注意的是，本篇銘文言四疆的順序依次是北疆、東疆、南疆和西疆，與五祀衛鼎銘文全同。這正證明本人關於先民空間四方位及數概念四是根據太陽的運行軌跡而形成的觀點是正確的。先民言四方，是按照太陽運行軌跡爲次序的，與我們現代人說「東西南北」兩兩相對不同。這種情況，早在殷商時期的甲骨卜辭裏就有反映。例如，《粹》907：「己巳，王卜，貞：〔今〕歲商受〔年〕？王占曰：吉。東土受年？南土受年？吉。西土受年？吉。北土受年？吉。」又如，《合集》五・12870：「癸卯卜，今日雨？其自西來雨？

其自北來雨？其自東來雨？其自南來雨？」（本片卜辭當如此讀）在先民的直觀感覺中，太陽從東方升起，然後升到南方，到西方落下，夜宿於地下，也即北方。第二天太陽又從東方升起，日日如此，循環往復，以至無窮。先民經過長期的觀察，漸漸地便根據太陽的運行產生了四方位及數概念四的觀念。[5] 其實，太陽在人們想像中的天球上，是自西向東運行的，而不是人們感覺中的自東向西運行的。人們以為太陽從東方升起的錯覺，是由於地球自西向東的自轉快於太陽的公轉而造成的。這裡就不多說了。

④ 朅，從貝從皿，讀作俱，共同、一起。履，《玉篇》：「踐也。」引申有勘察的意思。《左傳・僖公四年》：「賜我先君履：東自於海，西自於河，南自於穆陵，北自於無棣。」杜預注：「所踐履之界。」履的用法與本器銘文正同。弄，從廾，丰聲，讀作封，《說文》：「爵諸侯之土也。」也即樹疆界林。朿，讀作賁，寺賁，司徒之名。

⑤ 賓，《說文》：「所敬也，從貝。」朱駿聲《說文通訓定聲》：「從貝者，賓禮必有所贄。」贄，執玉帛也。此處指吳虎以璋、馬匹和璧等禮物答謝膳夫豐生、司空雍毅、內司徒寺賁。章，讀作璋。《說文》：「剡上為圭，半圭為璋，從玉章聲。《禮》六幣：圭以馬璋、以皮韠、以帛琮、以錦琥、以繡璜、以黻。」所說於西周金文也得到證實。可參閱大篡銘文。司土，即文獻裏的司徒，西周職官名，負責土地和人民等民政事務。爰，於是。書，書寫，指記錄下吳虎所受吳朅舊疆的範圍。尹，尹氏，職官名。守史，讀作守事，意思不太明瞭，大約相當於見證人的意思吧。酒，同乃，於是。由於史賁記錄下了吳虎這次受土田的事，於是又以兩件皮韠答謝史賁。本篇銘文的文辭和所記受田等事，可參閱大克鼎銘文。

⑥ 皇，大也。且，祖字的初文。考，亡父曰考。皇祖考，大祖父，即下文的庚孟。奠，祭也，表示鑄鼎的用途。

王世與曆朔

銘文「隹十又八年十又三月既生霸丙戌，王在周康宮徲宮」，既生霸是初九，干支是丙戌（23），則某王十八年十三月是戊寅（15）朔。周康宮，則康宮位於雒邑之王城。徲宮，即夷宮，位於周康宮中供奉夷王神主的廟室。銘文又言「王命膳夫豐生……緟（申）屬王命」，申，申述、重申。很顯然，時王與屬王不是同一個人，且在屬王之後。據文獻記載，屬王之後惟有宣王在

位超過十八年以上。因此，此器當屬於宣王之世。另外，從銘文所記曆日來比勘，既生霸是初九，干支是丙戌（23），則該年十三月是戊寅（15）朔，十三月是年終置閏。宣王十八年（前 810 年）十二月張表是戊寅（15）朔，十三月是丁未（44）朔，與本器錯月相合。這前後錯一個月干支才相合，可能是由於西周時於此前的置閏與張表不同所致。由此可以基本確定，吳虎鼎銘文所記是西周宣王十八年十三月的實際曆日。可見，該器是宣王時期標準器之一。

說者或以爲吳虎鼎屬於厲王時器。比勘張表、董譜厲王十八年（前 861 年）十二月，張表是癸酉（10）朔，董譜同，癸酉距銘文戊寅（15）含當日相差六日，顯然不合曆。厲王十九年（前 860 年）正月，張表是癸卯（40）朔，董譜同，癸卯（40）距戊寅（15）含當日相差二十六日，顯然也不合曆。所以，吳虎鼎銘文所記曆日不符合厲王十八年十三月的曆朔。

參考文獻

〔1〕穆曉軍：《陝西長安縣出土西周吳虎鼎》，《考古與文物》1998 年第 3 期。

〔2〕李學勤：《吳虎鼎考釋》，載《考古與文物》1998 年第 3 期，第 29 頁。

〔3〕王國維：《周蒡京考》，《觀堂集林》第 525～528 頁，中華書局 1984 年版。

〔4〕司馬遷：《史記》第 118 頁，中華書局點校本 1985 年版。

〔5〕葉正渤：《從原始數目字看數概念與空間方位的關係》，載《南陽師範學院學報》2003 年第 5 期。

第十一節　幽王時期

王臣簋銘文

王臣簋，1977 年 12 月陝西省澄城縣南串業村墓葬出土。簋弇口鼓腹，一對獸首銜環耳，矮圈足下連鑄三個獸面小足，蓋面隆起，上有圈形捉手。蓋沿和器口沿飾竊曲紋，圈足飾 S 形卷雲紋，均以雲雷紋填地。器蓋同銘，銘文共 85 字。[1]

銘文

參考釋文

隹（唯）二年三月初吉庚寅，王各（格）於大室，益公入右（佑）王臣，即立中廷，北卿（向）。①乎（呼）內史敖冊命王臣：「易（錫）女（汝）朱黃、棻親、玄衣、黹屯（純）、綟（鸞）旂五日、戈畫威、厚（緱）必（柲）彤沙。用事。」②王臣手（拜）頴首，不敢顯天子對揚休，用乍（作）朕文考易中（仲）奠簋，王臣其永寶用。③

考釋

① 唯二年三月初吉庚寅，初吉是初一朔，干支是庚寅（27），則某王二年三月是庚寅朔。益公，人名，擔任儐相，即傳達王命的大臣和冊命之禮的導引者。益公之名也見於十二年永盂和九年乖伯簋銘文，益公為出入王命的大臣和冊命之禮的導引者，即儐佑。牧簋稱益公為文考益伯，是益公在此之前業已亡故。此或是後世之益公。

② 內史敖，敖是人名，擔任內史之職。內史敖之名也見於四年癲盨和五年諫簋銘文。敖，或說是年字，或說敖與年是二人，同為內史，屬於不同王世。朱黃，即朱珩，赤色的玉佩。段注：「云佩上玉者，謂此乃玉佩最上之玉也。統言曰佩玉。析言則珩居首，以玉為之。」棻親，繪紋的內衣。親，孳乳為襯。《釋名・釋親屬》：「親，襯也，言相隱也。」此指內衣，《集韻》：「襯，近身衣。」玄衣黹純，黑色鑲有花邊的衣服。鸞旂五日，繡有鸞鳥和五個日的旗

幟。《漢書・賈捐之傳》：「鸞旗在前，屬車在後。」顏師古注：「鸞旗，編以羽毛，列繫橦旁，載於車上，大駕出，則陳於道而先行。」戈畫威，戈上畫有飾物。威，從戈從肉，字書所無。威厚（緱）必（柲）彤沙，戈柄上飾以紅色飾物。用事，用於王事，用於職事。以上王所賜的品物多見於西周中晚期的銅器銘文中，如裘盤、無更鼎、此鼎、此簋、頌鼎、師奎父鼎銘文等。

③ 「手」字前漏「拜」字。不敢顯天子對揚休，本句銘文當爲：敢對揚天子不顯休。不知何故顛倒如此？！馬承源說：「王臣簋銘文範有嚴重缺陷，最後三行有許多字有雕刻的筆劃，表明銘範損壞未鑄清。第二行『各』字少口，大室之大亦有損缺筆。第一行三月之三，上下劃短，中間劃長，一般銘文『三』字均勻三劃，數字之長短劃，僅虢季子白盤『四方』之四作長短相間的四劃。因此不能排除三月當爲四月的可能。」[2] 易仲，王臣文考之名。奠，祭也。

王世與曆朔

或以爲懿王時器，或以爲夷王時器，或以爲厲王時器。厲王元年是前 878 年，所以我們先從厲王時開始比勘驗證。

銘文「唯二年三月初吉庚寅」，初吉是初一朔，干支是庚寅（27），則某王二年三月是庚寅朔。

厲王二年（前 877 年）三月，張表是辛巳（18）朔，董譜是庚辰（17）朔，與銘文庚寅（27）朔含當日相距十或十一日，顯然不合曆。這就是說，王臣簋銘文所記曆日「唯二年三月初吉庚寅」不是厲王二年三月的曆朔。經比勘，與宣王二年三月的曆朔亦不合。

夷王在位的年數史無定論，其元年亦難以確定。目前通行的說法以前 885 年爲夷王元年，則夷王二年是前 884 年，該年三月張表是辛卯（28）朔，董譜同，比銘文庚寅（27）朔早一日相合。但不能僅靠一件器銘文所記曆日相合就決定夷王元年就是前 885 年，還要結合其他銘文所記曆日進行比勘驗證，只有當幾件器銘所記曆日皆合曆了，才可以確定。本文近據七八件銅器銘文所記曆日推得夷王元年是前 893 年，比勘王臣簋銘文所記曆日，與之不合曆。

懿王在位的年數同樣也不確定，因此也不好驗證。學界一般根據古本《竹書紀年》「懿王元年天再旦於鄭」的記載，考定懿王元年是前 899 年，則懿王二年便是前 898 年。該年三月張表是壬午（19）朔，董譜同，壬午距銘文庚寅（27）朔含當日相差九日，顯然不合曆。

董作賓根據古本《竹書紀年》所記，參考奧波爾策《日月食典》推得懿王元年是前 966 年，則懿王二年就是前 965 年。前 965 年三月張表是壬午（19）朔，董譜是辛巳（18）朔，距銘文三月庚寅（27）朔含當日分別相距九日或十日，也不合曆。

以上比勘的結果表明，要麼懿王元年不是前 899 年，也不是前 966 年，要麼王臣簋銘文所記曆日不屬於懿王二年三月的曆朔。

又有一件三年柞鐘，銘文「唯王三年四月初吉甲寅」，初吉是初一朔，則某王三年四月是甲寅（51）朔。排比干支表，發現二年王臣簋銘文所記曆日與之完全銜接。就是說，從二年三月初吉庚寅（27），到三年四月初吉甲寅（51），完全銜接。這樣，同時符合這兩個曆朔的年份才可以確定爲是銘文的紀時，才可以推導出某王的共有元年。

筆者從幽王二年的前 780 年向前查檢張表和董譜，符合三月庚寅朔或近似的年份有：

前 780 年三月，張表是戊午（55）朔，錯月是戊子（25）朔，比銘文三月庚寅（27）朔遲二日合曆，則某王元年是前 781 年。此年是周幽王元年。董譜幽王二年閏二月是丁亥（24）朔，比庚寅遲三日，近是，則王臣簋銘文所記曆日基本符合幽王二年三月的曆朔。幽王三年是前 779 年，該年四月是辛巳（18），錯月是辛亥（48）朔，三年柞鐘銘文是四月初吉甲寅（51），甲寅距辛亥錯月又早三日，近是。

前 889 年三月張表是庚申（57）朔，董譜同，錯月是庚寅（27）朔，董譜閏三月是庚寅朔，合曆，則某王元年是前 890 年。

前 920 年三月，張表是庚寅（27）朔，董譜同，與銘文完全合曆，則某王元年是前 921 年。次年前 919 年四月正是甲寅（51）朔，完全符合上述條件。

前 982 年三月，張表是庚申（57）朔，與庚寅錯月相合；董譜是庚寅朔，完全合曆，則某王元年是前 983 年。次年前 981 年四月是甲申（21）朔，錯月是甲寅（51）朔，符合條件。

前 1013 年三月，張表是庚寅（27）朔，次年前 1012 年四月是甲寅（51）朔，董譜同，完全符合條件，則某王元年是前 1014 年。

以上比勘所推出的元年，皆與其他銘文推出的元年不同，也就是說都不是一個共有元年。但是，銘文中有佑者益公，是傳達王命的大臣和冊命之禮的導引者。益公之名也見於十二年永盂和九年乖伯簋銘文。唐蘭在《西周青銅器銘文分代史徵》一書中皆列爲共王時器，而彭裕商則將永盂等有益公之名的器物列爲夷、厲之世，[3] 兩人的意見分歧較大。本文近據五祀衛鼎、七年趞曹鼎、八祀師𩁹鼎、九年衛鼎和十五年趞曹鼎等器銘文所記曆日推得共王元年是前 948 年，共王在位二十年。比勘王臣簋銘文所記曆日與之不合，所以王臣簋不屬於共王時器。與其後懿王世的曆朔也不合。

從銘文字體方面來考察，王臣簋銘文的字體的確呈現出西周中期偏晚及其後的特徵，大抵像懿王及以後銘文的字體。從王所賞賜的品物等方面來看，也屬於西周中晚期的。所以，其時代不會太早。由於王臣簋銘文所記曆日與三年柞鐘銘文曆日完全銜接，所以，三年柞鐘所屬的時代確定了，王臣簋所屬的時代也就能確定。馬承源定三年柞鐘爲幽王三年，比勘三年柞鐘銘文的曆日基本符合，王臣簋銘文也基本符合幽王二年三月的曆朔。據此，王臣簋和三年柞鐘皆可定爲幽王時器。

從曆法的角度來考察，頌鼎、頌簋和頌壺銘文所記曆日也基本符合幽王三年五月的曆朔。

參考文獻

〔1〕吳鎮烽、王東海：《王臣簋的出土與相關銅器的時代》，《文物》1980 年第 5 期。

〔2〕馬承源主編：《商周青銅器銘文選》第 177 頁，文物出版社 1988 年。

〔3〕唐蘭：《西周青銅器銘文分代史徵》第 420 頁，中華書局 1986 年；彭裕商：《西周青銅器年代綜合研究》第 361～373 頁，巴蜀書社 2003 年。

三年柞鐘銘文

1960 年 10 月陝西省扶風縣齊家村窖藏出土。鐘體橫截面呈橢圓形，甬中空，兩面各飾枚六組。鼓部飾回首夔龍紋，篆間飾雙頭獸紋，舞上飾粗線雲紋。鉦間鑄銘文 21 字。銘文共 45 字，重文 3。[1]

銘文

參考釋文

　　隹（唯）王三年四月初吉甲寅，中大（仲太）師右（佑）柞。①易（錫）戴（韍）、朱黃（珩），糸絲（鸞）。嗣（司）五邑甸人事。②柞拜手，對揚中大（仲太）師休。③用乍大鐘（林）鐘，其子孫永寶。④

考釋

① 唯王三年四月初吉甲寅，初吉是初一朔，干支是甲寅（51），則某王三年四月是甲寅朔。中大（仲太）師，人名，擔任太師之職。太師，西周置，是輔弼大臣。古代以太師、太傅、太保爲三公。右，讀作佑，儐佑，導引者。柞，人名。

② 易，讀作錫，賜也。戴，讀作韍，古代祭服的蔽飾。《漢書·王莽傳》：「服天子韍冕」。朱黃（珩），紅色的玉佩。糸絲，讀作鸞，即鸞旂，畫有鸞鳥的旗幟。《漢書·賈捐之傳》：「鸞旗在前，屬車在後。」嗣，讀作司，職掌、管理。五邑甸人事，可能指田官之事，五邑是田官的等級，元年師兌簋銘文有「五邑走馬」之官。

③ 對揚，答揚，爲感謝之詞，西周銘文中常見。休，賜也。

④ 鐘，從金枲聲，字書所無，讀作林。大鐘鐘，文獻作大林鐘，是古代一種樂器。古代律制之一種，鐘是古代祭祀和宴饗時必不可少的重要禮樂器。參閱《漢書·律曆志》。單獨懸掛的叫特鐘，按大小相次排列的叫編鐘。柞鐘一組八枚，是西周編鐘枚數較多的。

王世與曆朔

或以爲懿王時器，或以爲夷、厲間器，或以爲幽王時器。馬承源說：「按《年表》幽王三年爲公元前七七九年：是年四月辛亥朔，甲寅爲初四日，柞鐘的紀年、月序、月相和干支皆與之相合。故定柞鐘爲幽王三年。」[2] 下面分別來驗證一下，看結果如何。

銘文「唯王三年四月初吉甲寅」，初吉是初一朔，干支是甲寅（51），則某王三年四月是甲寅朔。馬承源說是幽王三年，幽王三年是前779年，該年四月張表是辛巳（18）朔，董譜同。錯月是辛亥（48）朔，銘文四月甲寅朔比曆表辛亥朔含當日早四日，不合曆，但近是。

宣王元年是前827年，則宣王三年是前825年，該年四月張表是戊寅（15）朔，董譜同，戊寅（15）距銘文四月甲寅（51）朔含當日相差二十五日，顯然不合曆。即使錯月戊申（45）朔，與銘文甲寅（51）朔含當日相差七日，也不合曆，說明不是宣王三年四月的曆朔。

厲王元年是前878年，厲王三年則是前876年。該年四月張表是乙巳（42）朔，與銘文甲寅（51）朔含當日也有十日之差，顯然亦不合曆。董譜是甲辰（41）朔，與銘文甲寅朔有十一日之差，所以也不合曆，說明三年柞鐘銘文所記曆日也不符合厲王三年四月的曆朔。

夷王元年是何年？至今不明確。目前通行的說法以前885年爲夷王元年，則夷王三年是前883年。[3] 該年四月張表是乙酉（22）朔，董譜同，與銘文四月甲寅（51）朔錯月又早一日相合。但不能僅靠一件器銘文所記曆日相合就決定夷王元年就是前885年，還要結合其他銘文所記曆日進行比勘驗證，至少有二件以上器銘所記曆日皆合曆了，才可以確定。本文近據七八件銅器銘文所記曆日推得夷王元年是前893年，比勘柞鐘銘文所記曆日，與之不合。

懿王元年也不確定，目前通行的說法定前899年爲懿王元年，則懿王三年是前897年。該年四月張表是丙午（43）朔，董譜同，與銘文四月甲寅（51）朔含當日有九日之差，顯然也不合曆。

從厲王元年的前878年向前查檢張表和董譜，符合四月甲寅（51）朔或近似的年份有：

前888年四月，張表是甲寅（51）朔，董譜同，完全合曆，則某王元年是前890年。

前914年四月，張表是乙酉（22）朔，董譜同，與銘文四月甲寅（51）朔錯月又早一日相合，則某王元年是前916年。

前919年四月，張表是甲寅（51）朔，董譜同，完全合曆，則某王元年是前921年。

前1012年四月，張表、董譜皆是甲寅（51）朔，完全合曆，則某王元年是前1014年。

從比勘的結果來看，以上幾個年份沒有一個是通行說法中的某王共有元年，且與筆者近日所推西周諸王元年亦不相合。結合王臣簋銘文所記曆日來考察，與三年柞鐘完全銜接。王臣簋銘文「唯二年三月初吉庚寅」，初吉是初一朔，則某王二年三月是庚寅（27）朔。三年柞鐘銘文「唯王三年四月初吉甲寅」，初吉是初一朔，則某王三年四月是甲寅（51）朔。按大小月相間排比干支表，發現二器銘文所記曆日完全銜接。就是說，從二年三月初吉庚寅（27），到三年四月初吉就是甲寅（51），完全銜接。這樣，同時符合這兩個曆朔的年份才可以確定為某王共有元年。但是，以上數據沒有一個與西周元年相合。比勘的結果，唯有與幽王三年四月的曆朔相近，但並不完全相合。

從曆法的角度來考察，頌鼎、頌簋和頌壺銘文所記曆日也皆與幽王三年五月的曆朔相近。

參考文獻

〔1〕陝西省博物館、陝西省文物管理委員會：《扶風齊家村青銅器群》，《文物》1961年第5期。

〔2〕馬承源主編：《商周青銅器銘文選》（簡稱《銘文選》），文物出版社出版，1988年4月。

〔3〕夏商周斷代工程專家組：《夏商周斷代工程1996～2000年階段成果概要》，《文物》2000年第12期。

頌鼎銘文

頌鼎，圓腹，直口圓底，二立耳，窄折沿，三蹄足，腹飾二道弦紋。銘文相同者傳世共有三件鼎、六件簋、二件壺。鼎內壁鑄銘文15行151字，重文2。[1]

銘文

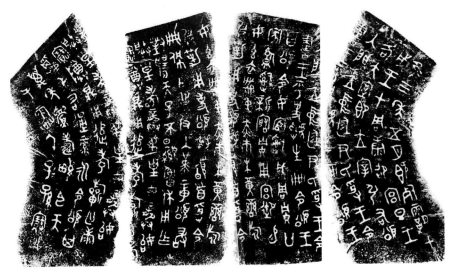

參考釋文

隹（唯）三年五月既死霸甲戌，王才（在）周康邵（昭）宮。①旦，王各（格）大室，即立（位）。宰弘右（佑）頌入門，立中廷（庭）。②尹氏受（授）王令（命）書。③王乎（呼）史虢生冊令（命）頌。④王曰：「頌，令女（汝）官嗣（司）成周賈（貯）廿家，監嗣（司）新寤（造）賈（貯），用宮御。⑤易（錫）女（汝）玄衣黹屯（純）、赤市、朱黃、䜌（鑾）旂、攸勒，用事。」⑥頌拜頶首，受令（命）冊，佩㠯（以）出，反（返）入（納）堇（瑾）章（璋）。⑦頌敢對揚天子不（丕）顯魯休，用乍（作）朕皇考龏弔（叔）、皇母龏始（姒）寶奠鼎，用追孝䱿（祈）匃康䖒、屯（純）右（佑）、通錄（祿）永令。⑧頌其萬年眉壽，畍臣天子霝（靈）冬（終），⑨子＝孫＝寶用。

考釋

① 唯三年五月既死霸甲戌，既死霸是二十三日，干支是甲戌（11），則某王三年五月是壬子（49）朔。周康邵宮，周，銘文單言周，指位於雒邑西北二十里地的王城。朱駿聲在其《尚書古注便讀・洛誥》下注：「所謂成周，今洛陽東北二十里，其故城也。王城在今洛陽縣西北二十里，相距十八里。」又在《君陳》篇下按曰：「成周，在王城近郊五十里內。天子之國，五十里爲近郊，百里爲遠郊。今河南河南府洛陽縣東北二十里爲成周故城，西北二十里爲王城故城。」邵宮，位於周康宮裏面的邵宮。康宮不是康王之廟，而是周初所建的規模宏大的宗廟建築群，見《此鼎、此簋銘文曆朔研究》一文。邵宮是供奉昭王神主的廟室。

② 宰弘，或隸作宰引，恐非是，西周職官人名，擔任宰之職。右，讀作佑，導引。頌，人名。

③ 尹氏，西周職官名，史官之長。受，授予，古文字中受、授同字。尹氏將王的命書授予（史官虢生）。

④ 史虢生，人名，擔任史之職。冊命，猶策命。頌是被冊命者。

⑤ 官嗣（司），掌管、負責。成周，位於雒邑東北二十里地。西周銘文中也與宗周相對。賓，從貝寧，或即貯字。朱駿聲《說文通訓定聲》：「貯，《平準書・索隱》引《字林》『貯，塵也。』按：『塵也』爲『廛也』之誤。」朱駿聲訂正甚是。據此銘，「貯」字正應解釋爲「廛」。《說文・广部》：「廛，一畝半，一家之居。」是一廛等於一家之居一畝半面積的一個單位。廛在古代有兩種說法，一是市內空地，一是貨物的倉庫，即所謂市之邸舍。廛布是貨賂諸物邸舍之稅，則廛有邸舍。成周貯廿家即是成周廛廿家，此家亦相當於《周禮・地官・司徒・序官》市廛所稱之肆，肆是市肆，就是店面、店鋪。廛與肆是連構的，前爲店面，後爲倉庫，即廛，故廛與肆也可連稱。[2] 李學勤釋貯爲賈（gǔ），謂是賈師之類，是賈人的首領，而頌的職務相當於《周禮》的司市。監司，猶言職掌監管督促。新賠，即新造。李學勤謂：「造訓爲至，即對新來成周交易的人進行監督。[3] 賓（貯），《說文》：「貯，積也。」用宮御，即《周禮・地官司徒》：「廛人掌斂市�布、緫布、質布、罰布、廛布而入於泉府。凡屠者斂其皮角筋骨入於玉府。凡珍異之有滯者，斂而入於膳夫。」所記廛人積貯貨物入於王家與此相似。李學勤謂是講交易所得物品上供宮廷。義亦同。

⑥ 玄衣黹屯（純）、赤市、朱黃、絲（鑾）旂、攸勒，用事，王所賜之品物同於趞鼎銘文。趞鼎銘文：「史留受王令（命）書，王乎（呼）內史齋「冊易（錫）趞

玄衣屯（純）䙁、赤市、朱黃、繺（鸞）旗、攸勒，用事。」除了史官不同外，冊命儀式和銘文辭例均相同，說明此二器當屬於同一或相鄰王世。參閱趞鼎銘文考釋。

⑦ 佩，佩戴。曰（以），用法同而，連詞，連接前後兩個動作。反，讀作返；入，讀作納。堇（瑾）章（璋），堇，即瑾，美玉，璋也是美玉。頌帶著書有王命的簡冊退出中廷，然後又返迴向王獻瑾璋。本篇銘文所記西周冊命儀式與《左傳》所記幾乎完全相同。《左傳·僖公二十八年》：「己酉，王享醴，命晉侯宥。王命尹氏及王子虎、內史叔興父策命晉侯爲侯伯，賜之大輅之服，戎輅之服，彤弓一，彤矢百，旅弓矢千，秬鬯一卣，虎賁三百人。曰：『王謂叔父，敬服王命，以綏四國。糾逖王慝。』晉侯三辭，從命。曰：『重耳敢再拜稽首，奉揚天子之丕顯休命。』受策以出，出入三覲。」與善夫山鼎銘文所記亦相同。參閱《善夫山鼎銘文曆朔研究》一節。

⑧ 皇考龔弔（叔）、皇母龔始（姒），皇，大也。龔叔、龔姒，頌的亡父、亡母名。奠鼎，祭祀用的鼎。追孝，追，追行；孝，祭也。䖒，讀作祈，祈求，與匄同義。《左傳·昭公六年》：「不強匄。」注：「匄，祈也。」《廣雅·釋詁三》：「匄，求也。」康，安也；䖒，上從虍，中從網，下從又，《說文》所無。屯又，讀作純祐，純，大也；祐，助也。《尚書·君奭》：「亦惟純祐秉德，迪知天威。」孔安國傳：「文王亦如殷家惟天所大祐，文王亦秉德蹈知天威。」錄，讀作祿；通祿，猶言通祿，多福也。永，長也；永命，長命。霝，讀作令，善也；冬，讀作終；令終，猶言善終也。《詩·大雅·既醉》：「昭明有融，高朗令終。」鄭箋：「天既助女以光明之道，又使之長有高明之譽，而以善名終，是其長也。」本句銘文又見於史伯碩父鼎、頌鼎、逨盤、晉姜鼎等銘文。

⑨ 眈，文獻作駿，長久之意。《爾雅·釋詁》：「駿，長也。」《詩·大雅·七月》：「駿命不易。」毛傳：「駿，長也。」《尚書·武成》：「邦甸侯衛，駿奔走，執豆籩。」孔傳：「駿，大也。邦國甸侯衛服諸侯，皆大奔走於廟執事。」駿臣天子，猶言長久地奔走在天子左右。霝，通令，美好之意；冬，讀作終；令終，善終。本句銘文也類似逨盤等器銘文。

王世與曆朔

吳其昌說：「宣王三年，五月大，乙巳朔；既死霸三十日得甲戌。與曆譜密

合。」又按：「此敦所記王在周，而命頌作業於成周，與史頌敦所記悉同。」[4]
馬承源曰：「周宣王三年五月既死霸甲戌日，據《年表》宣王三年為公元前 825
年，五月戊申朔，廿七日得甲戌，合既死霸之數。」李學勤亦謂合既死霸。吳
其昌、馬承源和李學勤都是採用一月四分說的，但是吳與馬、李的結論卻並不
一樣，吳說「既死霸三十日得甲戌。與曆譜密合」，馬承源說「廿七日得甲戌，
合既死霸之數」，可見四分說太不科學了，因為不能準確紀日。下面來驗證吳說
和馬、李說，看是否合曆。

銘文「唯三年五月既死霸甲戌，王在周康邵（昭）宮」，既死霸是二十三
日，干支是甲戌（11），則某王三年五月是壬子（49）朔。

宣王三年（前 825 年）五月，張表是戊申（45）朔，與銘文壬子（49）朔
含當日相距五日，顯然不合曆。董譜是丁未（44）朔，與銘文壬子（49）含當
日相距六日，亦不合曆。

幽王三年（前 779 年）五月，張表是辛亥（48）朔，銘文壬子（49）朔比
曆表早一日合曆。董譜是庚戌（47）朔，銘文壬子（49）比曆譜早二日合曆。
因此，從曆法的角度來考察，頌鼎、頌簋和頌壺銘文所記曆日符合幽王三年五
月的曆朔，不符合宣王三年五月的曆朔。

再來比勘一下厲王三年五月的曆朔，厲王三年（前 876 年）五月，張表是
甲戌（11）朔，董譜同。甲戌（11）向前距頌鼎銘文五月壬子（49）朔是二十
三日，完全不合曆。從器型紋飾、字體和銘文辭例等方面來考察，這兩組器物
都具備西周晚期的特點和特徵。由於頌鼎等器銘文所記曆日符合幽王三年五月
的曆朔，所以，筆者以為將頌鼎等器置於幽王之世比較合宜。頌簋器、蓋共十
件，頌壺共四件，銘文與頌鼎全同，考察從略。不過，假如頌鼎銘文是「唯三
年五月初吉甲戌」的話，那麼就完全符合厲王三年五月的曆朔。然而尚缺乏更
多紀年頌器的係聯，因而無法求證。

郭沫若定頌器與史頌器皆為共王時器。本文也來比勘一下看是否合曆。目
前通行的說法共王元年是前 922 年，則共王三年是前 920 年。該年五月張表是
庚寅（27）朔，而據銘文曆日記載推算某王三年五月是壬子（49）朔，壬子距
庚寅（27）含當日相差二十三日，根本不合曆。董譜是己丑（26）朔，己丑距
壬子（49）含當日相差二十四日，也不合曆。本文推得共王元年是前 948 年，

則共王三年就是前 946 年。該年五月張表是辛酉（58）朔，董譜是庚寅（27）朔，錯月是庚申（57）朔，與銘文壬子（49）朔含當日分別相距十日和九日，也皆不合曆。

頌鼎與趞鼎器形相同，且銘文中周王活動的地點也相同，皆在周康昭宮。因此其時代也應相同或相近。

此外，還有一組史頌器，鼎二、簋四、簠、盤、匜各一，鼎銘與簋銘相同。銘文曰「唯三年五月丁巳，王在宗周，命史頌續穌洼（即孟津），……」，銘文無月相詞語，說明丁巳非月相之日，故只用干支紀日。吳其昌曰：「宣王三年（前 825 年），五月大，乙巳朔；既生霸十三日得丁巳。此『史頌』，即頌敦、頌壺之『頌』也。……亦即史頌諸器，同作於宣王三年之證也。」吳其昌根據銘文所記曆日認爲，史頌鼎、史頌簋銘文所記是五月既生霸的十三日，且王在宗周，而頌鼎、頌簋銘文所記曆日是既死霸三十日，王在成周康卲宮。從曆日記載方面來看，史頌鼎在前，王在宗周；頌鼎在後，王在成周，時間、事件前後銜接，因而這兩件器屬於同一個王世。但是，陳夢家認爲：「此器（頌鼎）作於王之三年五月既死霸甲戌，既死霸爲初一。史頌器作於王之三年五月丁巳，史頌器之三年五月丁巳，與此（頌鼎）三年五月不是一王。」[5] 陳夢家認爲既死霸是初一，既然初一是甲戌（11），那麼五月就無丁巳（54），同樣是三年五月，有甲戌，就不可能有丁巳，所以他把頌鼎與史頌鼎分別看作夷王和厲王兩個王世之器。從曆法方面來考察，本文認爲頌鼎銘文所記三年五月既死霸甲戌，既死霸是二十三日，干支是甲戌（11），則某王三年五月是壬子（49）朔。而史頌鼎銘文所記三年五月丁巳（54），丁巳在壬子之後六日，且又不逢月相日，所以只用干支紀日，曆日完全銜接。再從內容方面來看，三年五月壬子（49）朔，丁巳（54）是五月初六，周王在宗周。到五月既死霸二十三日甲戌，王在成周康卲宮。丁巳（54）距甲戌（11）含當日是十八日，周王完全可以從宗周鎬京到位於雒邑的成周。所以，從時間方面來看，史頌鼎與頌鼎所記曆日應該是同王同年同月，所記事件發生在兩個不同的地點是完全可能的。頌器銘文所記曆日符合幽王三年五月的曆朔。

此外，從曆法的角度來考察，王臣簋、三年柞鐘銘文所記曆日也基本符合幽王二年三月和三年四月的曆朔。

附：史頌鼎銘文

參考文獻

〔1〕葉正渤、李永延：《商周青銅器銘文簡論》第 62 頁，中國礦業大學出版社 1998年。

〔2〕陳夢家：《西周銅器斷代》第 280 頁，中華書局 2004 年；馬承源：《商周青銅器銘文選（三）》第 302～303 頁，文物出版社 1998 年。

〔3〕李學勤：《頌器的分合及其年代的推定》，《古文字研究》第二十六輯第 160～164頁，中華書局 2006 年。

〔4〕吳其昌：《金文曆朔疏證》，《燕京學報》第六期，第 1047～1128 頁，1929 年。

〔5〕陳夢家：《西周銅器斷代》第 280 頁，中華書局 2004 年。

第四章　春秋時期四要素紀年銘文考釋

第一節　春秋時期四要素紀年銘文考釋

蔡侯盤、蔡侯尊銘文

1955 年 5 月安徽壽縣城西門城牆內側蔡侯墓墓葬出土，共出土文物 584 件，其中青銅器 486 件。蔡侯盤，郭沫若釋爲盧。盤口沿窄，口沿下有獸形耳，兩個有耳銜環，腹略鼓，腹有花紋，有一道環圈，三個弧形圈足。盤內底鑄銘文 16 行 92 字。蔡侯尊，侈口，長頸，鼓腹，圈足。唇部嵌銅作三角形回紋，頸腹間有銘文 92 字，文字與盤銘同。于省吾考證以爲是蔡昭侯申嫁女於吳王僚之媵器。[1] 然驗之曆表和曆譜卻不合曆，可見其說非是。詳見下文考釋。

銘文（上：蔡侯盤及銘文，下：蔡侯尊及銘文）

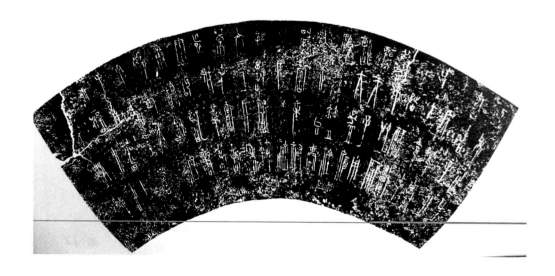

參考釋文

元年正月初吉辛亥，蔡侯𫝎（封）虔共（恭）大命，上下陟口（否），口（攡）敬不惕（易），肇佐天子，用作大孟姬媵彝盤。①禋享是台（以），祗盟嘗嫡（謫），祐受母（毋）已，齋嘏整肅，口（類）文王母。②穆穆亹亹，恩（聰）憲訢揚；③威義（儀）遊遊（優優），霝（靈）頌託商；④康諧和好，敬配吳王。⑤不諱考壽，子孫蕃昌。⑥永保用之，冬（終）歲無疆。⑦

考釋

① 元年正月初吉辛亥，初吉是初一朔，干支是辛亥，則某王元年正月是辛亥（48）朔。蔡侯，說法不一，目前比較普遍的看法認爲是蔡昭侯申，其實未必。𫝎，與西周金文中讀作申或緟的𩁹字寫法不同，本文釋作封，詳見下文。虔、恭，皆敬也。大命，猶天命。上下，指天地。陟否，升降。攡，當讀作攡，《說文》「理持也」，段注「分理而持之」。攡敬，猶言持敬。不惕，讀作不易，猶言不改變對天子的忠誠恭敬之心。肇佐，開始輔佐。天子，當指周天子。據此看來，銘文開頭的紀年「元年正月初吉」，用的也當是周王朝的紀年。蔡國是小國，不可能單獨創制和使用自己的曆法。用，由也。作，猶鑄。大孟姬，據考證是蔡昭侯申之長女，恐非是，參見下文。媵，隨嫁。彝盤，隨嫁之媵器盤。盤，一種扁而淺的器皿，在古代盛水可以當鏡子用，如湯盤。

② 禋（yīn）享，《說文》：「潔祀也。一曰精意以享爲禋。」享，亦祭也。是台（以），讀作是已，已，句末語氣詞。祗，敬也。盟，盟約。嘗嫡，讀作嘗謫，曾受到責備。祐，祐護、祐助。受，接受。母，讀作毋；毋已，不已，不止。齋，潔祀；嘏，《說文》：「大遠也。從古叚（gǔ）聲。」段注：「《少牢》『祝嘏於主人』，謂予主人以大福。」齋嘏，潔福也。整肅，整齊嚴肅。口（類）文王母，類，似也；文王母，當指周文王之母大任。《列女傳·母儀傳·周室三母》：「大任（太任）者，文王之母，摯任氏中女也，王季娶爲妃。大任之性，端一誠莊，惟德之行。及其有娠，目不視惡色，耳不聽淫聲，口不出敖言，能以胎教。溲於豕牢，而生文王。文王生而明聖，大任教之，以一而識百，卒爲周宗。君子謂大任爲能胎教。」

③ 穆穆，《爾雅》：「敬也。」亹亹（wěi），《爾雅·釋詁》：「亹亹，勉也」，勤勉不倦的樣子。《詩·大雅·文王》：「亹亹文王，令聞不已。」恩，讀作聰，聰慧。憲，博聞多能。訢揚，即欣揚，欣喜快樂。以上形容大孟姬聰明賢惠，性格又

好。

④ 威義（儀），儀表威嚴莊重。遊遊，讀作優優，從容閒適的樣子。霝，讀作靈，美也，善也。頌，本義是容貌。託商，託，同托，《說文》「寄也」；商，當指和美。以上形容大孟姬儀表、容貌美。

⑤ 康諧，康寧和諧。敬配，恭敬的嫁給（吳王）作配偶。吳王，或說是吳王僚。亦非是，參閱下文。

⑥ 不諱，不避。考壽，猶言長壽。蕃昌，繁榮昌盛。

⑦ 冬，讀作終，終歲，猶言終生。無疆，無邊際。以上是祝福大孟姬子孫後代興旺發達，自己長命百歲，永遠寶有這個媵䵼盤，代代相傳。

王世與曆朔

銘文「元年正月初吉辛亥」，初吉，月相詞語，根據韋昭《國語注》是初一朔，則某王元年正月辛亥（48）朔。學術界考證為蔡昭侯申元年，公元前 518 年，一說為前 519 年。此大孟姬為蔡昭侯長女，於昭侯元年（公元前 518 年）嫁於吳王僚。[3] 然驗之曆表，並不合曆，可見此說非是。

查張培瑜《中國先秦史曆表》公元前 519 年（周敬王元年）正月是壬寅（39）朔，董作賓《中國年曆簡譜》同；[4] 前 518 年（周敬王二年）正月是丁酉（34）朔，董作賓《中國年曆簡譜》同，與銘文元年正月初吉辛亥（48）皆相差十數日，顯然不合曆。銘文中的元年應當是周王的紀年，而不是蔡某侯的紀年。古代有天子告朔之禮，《周禮・春官・大史》：「正歲年以序事，頒之於官府及都鄙，頒告朔於邦國。」鄭玄注：「天子頒朔於諸侯，諸侯藏之祖廟，至朔朝於廟，告而受行之。鄭司農云：『……以十二月朔，布告天下諸侯。』」《穀梁傳・文公十六年》：「天子告朔於諸侯。」班固《漢書・律曆志》：「周道既衰，幽王既喪，天子不能班朔，魯曆不正，以閏餘一之歲為首。」又《漢書・五行志下》：「周衰，天子不班朔，魯曆不正，置閏不得其月，月大小不得其度。」以上記載證明，王室及諸侯皆用周正一種曆法。

春秋時期諸侯國使用的仍然是周天子的紀年，而不是列國的紀年。如晉國的晉姜鼎銘文「唯王九月乙亥，晉姜曰……」，此器之時代或說是共和時期，或說是周幽王時期，或說是春秋初年。晉公簋銘文「唯王正月初吉丁亥，晉公曰……」，此器唐蘭說是晉定公時，郭沫若從之。郭沫若說：「晉定公即位於魯昭公三十一年，在位三十六年，以魯哀公十八年卒。」一說晉定公在位三十七

年，約當公元前 511 年至 475 年。此時已到春秋中晚期了，尚使用周王之紀年。邵鐘銘文「唯王正月初吉丁亥，邵口曰……」，此邵，王國維說：「邵即《春秋左氏傳》晉呂甥之呂也。」晉呂甥，秦穆公（前 659 年至前 621 年）時人，銘文皆曰「唯王某年」，可謂不勝枚舉。或不言「唯王某年」，亦相同。如晉公戈銘文「唯三（四）年六月初吉丁亥」，應是周頃王四年（前 615 年）的紀年；驫羌鐘銘文「唯廿又再祀」，用的即是周威烈王二十二年的紀年。

公元前 770 年至前 476 年，是我國歷史上的春秋時期。筆者從前 476 年向前查檢張表，同時符合某周王元年且正月是辛亥（48）朔或相距一二日者，只有如下一個年份，即：

前 696 年，該年是周莊王元年。該年正月，張表正是辛亥（48）朔，完全合曆。董作賓《中國年曆簡譜》該年正月是庚辰（17），二月是庚戌（47）朔，錯月又遲一日合曆。[5] 由此可見，銘文的紀年紀時與前 696 年即周莊王元年正月辛亥（48）朔完全合曆。由此來看，銘文中的「元年正月辛亥，蔡侯口恭虔大命」就不是蔡昭侯申。根據《史記‧管蔡世家》和《十二諸侯年表》的記載，周莊王元年，是魯桓公十六年，蔡桓侯十九年。蔡桓侯二十年卒。蔡桓侯的名字叫封人，而不是申。《史記‧管蔡世家》：「宣侯二十八年，魯隱公初立。三十五年，宣侯卒，子桓侯封人立。」所以，本文以爲蔡侯盤、蔡侯尊銘文「元年正月辛亥」應該是周莊王元年正月的曆朔。

說者或據《史記‧吳泰伯世家》：「去齊卒，子壽夢立。壽夢立而吳始益大，稱王。」因曰吳王壽夢時（前 585 年即位）吳國始稱王，此前似未稱王。然而，春秋初年吳國的銅器銘文中吳侯業已稱王矣。者減鐘銘文「隹正月初吉丁亥，工𪊨王皮然之子者減擇其吉金，自作瑤鐘……」，王國維在《攻吳王夫差鑑跋》中說：「工𪊨亦即攻吳，皆句吳之異文。……皮然無考。以聲類求之，當即《史記‧吳泰伯世家》之頗高，乃吳子壽夢之曾祖。《史記》載頗高子句卑與晉獻公同時，則皮然王吳當在春秋之初葉矣。」[6] 郭沫若說：「《史記‧吳泰伯世家》敘自太伯以降至第十五世爲轉，《索隱》引譙周《古史考》作柯轉。柯轉即此皮然也。……柯轉之子爲頗高……此者減與頗高爲兄弟，大約當春秋初年，魯國桓、莊之世也。」[7] 可見此時工𪊨王已經稱王。而周莊王元年（前 696 年）時，正是魯桓公十六年，蔡桓侯十九年，吳侯頗高在位。根據者減鐘銘文，吳國稱王並非自吳王壽夢時始，而是吳侯頗高業已稱王。據此，結合蔡侯盤、蔡侯尊

銘文的紀年紀時綜合考察，銘文中的吳王非頗高莫屬，銘文中的大孟姬當是蔡桓侯的長女而嫁給頗高者。

此外，銘文中蔡侯的名字也不是西周金文中常見的左從屬，右上從東，右下從田的𤴐（學界讀作申或緟）字，見三年師兌簋、師嫠簋、伊簋、師穎簋、鄴簋、覲簋等器銘文。而蔡侯盤、蔡侯尊銘文中蔡侯的名字是從四個苗，中間從幺，下從又的𤴐字，左邊既不從屬，右邊也不從東田，與𤴐（申、緟）字的寫法根本不同，顯然與𤴐（申、緟）不是一個字。蔡侯盤銘文中的𤴐，像以又（手）將幺（繩）把田地植木連接起來之形，與封界的意思很近似。此𤴐字是否即封疆界林的「封」字異文？結合蔡桓侯之名「封人」來考察，𤴐肯定是「封人」的專用字。封人是管理山林川澤之官，亦稱虞人。甲骨文封是象形字，象植木於土之形。金文、小篆封是會意字，左邊象土上植木，右邊是寸（手），表示以手植木。《說文》：「封，爵諸侯之土也。從之從土從寸。」郭沫若說：「古之畿封實以樹爲之也。此習於今猶存。然其事之起，乃遠在太古。太古之民多利用自然林木以爲族與族間之畛域，西方學者所稱爲境界林者是也。」所以，本文以爲𤴐是蔡桓侯名字封人的專用字，很可能是「封」字的異構。

據《史記・管蔡世家》記載，蔡是周武王母弟叔度的封國，後因叔度參與商紂王子武庚祿父的叛亂，被周公流放於上蔡。周成王時改封叔度子胡於蔡，以奉蔡叔之祀，是爲蔡仲。春秋時期，蔡爲小國，處於吳國與楚國之間，經常受到楚國脅迫。蔡齊侯四年，楚惠王滅蔡，蔡侯齊亡，蔡遂絕祀。時在春秋後二十三年，即公元前 447 年。

參考文獻

〔1〕 安徽省文物管理委員會、安徽省博物館：《壽縣蔡侯墓出土遺物》，《考古學報》1956 年第 1 期；安徽省博物院編著／中科院考古研究所編輯：《壽縣蔡侯墓出土遺物》，科學出版社 1956 年。

〔2〕 安徽百科網・壽縣蔡侯墓。又見《壽縣蔡侯墓》圖版 37。《集成補》：第 3700 頁，編號：6010。

〔3〕 楊桂梅：《蔡侯申尊》，中國國家博物館網站。

〔4〕 董作賓：《中國年曆簡譜》第 116 頁，藝文印書館 1991 年。

〔5〕 董作賓：《中國年曆簡譜》第 101 頁，藝文印書館 1991 年。

〔6〕王國維：《觀堂集林》卷十八，第 898 頁，中華書局 1984 年。

〔7〕郭沫若：《兩周金文辭大系圖錄考釋》第 333 頁，《郭沫若全集・考古編》第七卷、第八卷，科學出版社 2002 年。

晉公戈銘文

晉公戈是臺灣收藏家王振華先生古越閣收藏的眾多中國古代銅兵器中的精品之一。此戈出土時間地點皆不明，估計是 80 年代後期被盜掘出土。戈通長 19.7 釐米，三角形援鋒，刃緣明顯。中胡，上方一小穿，下部二長穿。方內，內上邊比援上刃略低，前後平行，內上有一長穿。胡上鑄銘文 2 行 19 字。〔1〕

銘文

參考釋文

隹（唯）三（四）年六月初吉丁亥，晉公作歲之祭車戈三百。

考釋

銘文「唯四年六月初吉丁亥」，初吉是初一朔，干支是丁亥（24），則某王四年六月是丁亥朔。晉公，說法頗多，參見下文。祭（ying），《說文》：「祭，設綿蕝爲營，以禳風雨、雪霜、厲殃於日月、星辰、山川也。」《左傳・昭公元年》：「子產曰：『山川之神，則水旱、癘疫之災，於是乎祭之；日月星辰之神，則雪霜、風雨之不時，於是乎祭之。』」可見，歲之祭車戈是車戈的名稱，表明作戈的用途是用來禳除歲之水旱災害的，並非用於作戰。或說是用來祭歲星，以祈求戰爭的勝利。

王世與曆朔

李學勤先生通過對該戈形制的考察、銘文所記曆日的分析，以及晉國世系等方面認爲此戈爲西周時期晉釐侯四年（前837年，共和五年）之物，其餘晉君都不合。然而孫華分別從晉公戈銘文的稱謂稱公不稱侯、晉國諸侯的時代曆日和戈的形制三方面分析認爲李學勤所定之時代不準確。指出：

晉公戈應是春秋早期曲沃代翼以後一代晉公所作之器。這位晉公的人選，從各方面的材料考察，以晉武公稱可能性最大。……繼周桓王繼位的周王先後是莊王和妖王（葉按：當是周僖王），莊王四年（公元前693年）當晉武公二十三年，妖王四年（公元前678年）當晉武公三十八年，都在晉公戈的年代範圍內，戈銘的「唯四年」也有莊王或妖王四年的可能性。尤其是妖王四年，這年恰爲周王室正式承認晉武公爲晉國君侯之年，晉武公在此年作兵器以爲紀念是極有可能的事。不過，莊王四年周曆六月庚申朔，丁亥在下月之初；妖王四年周曆六月甲子朔，丁亥在該月下旬，都與「初吉」的月相不合。如果「唯四年」確爲莊王或妖王四年的話，「六月初吉丁亥」的銘文也就只能認爲是吉日習語而不是實際的曆日。

孫華最終得到這樣幾個認識：（1）晉公戈應當是武公時期的銅戈而不是晉妖侯所造之戈；（2）晉公戈銘的「唯四年」有周桓王四年（公元前716年）、晉武公四年（公元前713或前708年）、周妖王四年（公元前678年）幾種可能，年代範圍在公元前716～前678年之間；（3）從周、晉歷史史實和戈銘曆日等方面綜合考察，晉公戈當以周妖王四年（公元前678年）和晉武公四年（公元前708年）兩種可能性最大。[2]

本文以爲，孫華從三個方面進行分析有一定道理。但是，既然比勘驗證晉公戈銘文所記曆朔與周莊王四年以及周妖（僖）王四年六月的曆朔不合，說明晉公戈不屬於這兩個王世。而且，月相詞語「初吉」肯定不是「吉日習語」，而是「實際的曆日」，即初一朔，這已爲多件銅器銘文的曆日記載所證明。李學勤也指出西周金文月相詞語丁亥的紀日是實指，這是對的。其實，春秋以後用丁亥紀日也同樣是實指。更爲重要的是，春秋時期諸侯所鑄銅器銘文大多使用的仍是周王的紀年，而不是諸侯自己的紀年。

如果按照曆朔比勘，晉公戈銘文「唯四年六月初吉丁亥（24）」，符合周

頃王四年（前 615 年）六月的曆朔。張表前 615 年六月是戊子（25）朔，董作賓《中國年曆簡譜》同，比丁亥（24）朔早一日相合。[3] 根據《史記・十二諸侯年表》，此年當魯文公十二年，晉靈公六年。

又，周貞定王四年（前 465 年）六月，張表是丁巳（54）朔，董譜同，張表、董譜五月是丁亥（24）朔，錯月也符合銘文曆朔。據《史記・六國年表》推算，此年當晉出公鑿十年。晉出公鑿是晉定公午之子。

又，周烈王四年（372 年）六月，張表是丁巳（54）朔，董譜同，張表、董譜錯月（七月）是丁亥（24）朔，完全合曆。此年已接近戰國晚期，故不可據。

至於說春秋時期晉用夏曆，不用周曆，周正以夏曆十一月爲正月，即建子。夏曆以寅月爲正月，即建寅，比周曆晚兩個月，就干支來說，結果是一樣的。張表是按周正編排的，六月即夏正的八月。據此比勘張表的結果也是同樣。周頃王四年（前 615 年）八月，張表是丁亥（24）朔，與銘文完全相合。周貞定王四年（前 465 年）八月，張表是丙辰（53）朔，錯月（七月）是丙戌（23）朔，比銘文丁亥（24）遲一日相合。所以，從曆法的角度來考察，晉公戈銘文所記曆日符合周頃王四年（前 615 年）六月和周貞定王四年（前 465 年）六月的曆朔。山東省博物館王思田主張周頃王四年的看法，筆者與之觀點一致。但王說該年六月張表是丁亥朔，則與曆表不符，張表是戊子（25）朔。黃盛璋以爲晉公戈銘文使用的若是晉的紀年，則爲晉悼公四年（前 569 年）；如爲周紀年，則爲周敬王（前 516 年）或周景王（前 541 年）。[4]

前文業已言及，春秋時期諸侯國仍使用周王的紀年，而不是自己的紀年。如晉國的晉姜鼎銘文「唯王九月乙亥，晉姜曰……」，此器之時代或說是共和時期，或說是周幽王時期，或說是春秋初年。晉公簋銘文「唯王正月初吉丁亥，晉公曰……」，此器唐蘭說是晉定公時，郭沫若從之。郭沫若說：「晉定公即位於魯昭公三十一年，在位三十六年，以魯哀公十八年卒。」一說晉定公在位三十七年，約當公元前 511 年至 475 年。此時已到春秋中晚期了，尚使用周王之紀年。邵鐘銘文「唯王正月初吉丁亥，邵□曰……」，此邵，王國維說：「邵即《春秋左氏傳》晉呂甥之呂也。」晉呂甥，秦穆公（前 659 年至前 621 年）時人，銘文皆曰「唯王某年」，可謂不勝枚舉。或不言「唯王某年」，亦相同。蔡侯盤、蔡侯尊銘文「元年正月辛亥」應該是周莊王元年正月的曆朔。又如，同

是晉的驫羌鐘銘文「唯廿又再祀」，用的即是周威烈王二十二年的紀年。所以，晉公戈銘文所記曆日「唯四年六月初吉丁亥（24）」，符合周頃王四年（前 615年）六月的曆朔。

參考文獻

〔1〕李學勤：《古越閣所藏青銅兵器選粹》，《文物》1993 年第 4 期。

〔2〕孫華：《晉公戈年代小議》，《文物季刊》1997 年第 2 期。

〔3〕張培瑜：《中國先秦史曆表》，齊魯書社，1987 年；董作賓：《中國年曆簡譜》第108 頁，藝文印書館 1991 年。

〔4〕王思田、黃盛璋之説，據玉清：《臺北龔氏珍藏──西周晉公戈》，華聲論壇網（圖說歷史／國內）http://bbs.voc.com.cn/forum-57-1.html。

第二節　紀年銘文偽刻例析

靜方鼎銘文

靜方鼎，日本出光美術館收藏，器形及銘文刊於出光美術館編輯的《館藏名品選》（1996 年）圖版 67。[1]為便於讀者閱讀研究，器形與銘文拓片特移錄於下。

銘文「隹（惟）十月甲子，王在宗周。令（命）師中眔（暨）靜省南或（國），𡎚〔曾〕埶（設）应（位、居）。八月初吉庚申，至，

告於成周。月既望丁丑，王在成周大室，令（命）靜曰……。」

銘文「師中眔（暨）靜省南或（國）」，師中，說者以爲與北宋重和元年（公元1118年）在湖北安州孝感出土的「安州六器」的中方鼎、中甗等銘文裏的中，當是同一個人而稍晚，此時中已擔任師之職。靜是另一個奉命省視南國之貴族。李仲操在《也談靜方鼎銘文》中認爲：「『安州六器』學者斷其爲西周成王時物。靜作的簋、卣、彝，學者斷其爲穆王時物。則二人不同王世，其年代相隔八十多年，二人是否見過面尚難確知。而此《靜方鼎》則記師中與靜爲同一王世人，且二人還一同去南國，顯然此師中非『安州六器』之中，此靜也非簋、卣、彝所記之靜。他們應是不同王世的同名之人，不能相混。」[2]

銘文中有三個曆日記載，分別是「惟十月甲子，王在宗周」；「八月初吉庚申，至，告於成周」；「月既望丁丑，王在成周大室」。「夏商周斷代工程」簡本曰：「靜方鼎的『十月甲子』在昭王十八年，『八月初吉庚申』與『月既望丁丑』在昭王十九年。以穆王元年爲公元前976上推，昭王十八年爲公元前978年，十月癸亥朔，甲子初二日；十九年爲公元前977年，八月戊午朔，庚申初三日，合於初吉，丁丑二十日，合於既望。」[3]本文認爲，說「八月戊午朔，庚申初三日，合於初吉，丁丑二十日，合於既望」，這是欠妥的。因爲月相詞語所表示的時間是定點的，在與已知曆表（張培瑜《中國先秦史曆表》和董作賓《西周年曆譜》、《中國年曆簡譜》）進行驗證時含當日可以有一、二日之誤差，但不應超過三日之差。初吉指初一朔，既望指十四日，非此則誤。李仲操在前舉文中指出：「靜方鼎曆日錯誤明顯，它不是西周時之物，應是後人的僞作。用它來否定西周月相的定點日期，是否定不了的。」[4]

此外，該器銘文字跡模糊，筆畫不清，粗細不均。其中甲子的子，當取自於利簋銘文，僅形似而已；居字所從的广，筆畫過於上揚；初吉二字不但不清晰而且也不相似；既望二字筆畫似不全；一般銘文言「王在成周大室」，或言「王在周某大室」，本銘卻言「王在周大室」；天子的子，寫法與他器亦不同；有些筆畫很纖細，且粗細不一，像刀刻似的；所記曆日更不合西周銘文的紀時體例，墨拓也不均勻，委實可疑。與小臣靜簋銘文的僞刻情形極類似。[5]

說者或以靜方鼎銘文所記曆日「從八月初吉庚申至既望丁丑相距18天」來

否定月相詞語初吉與既望應相距 14 日之說，從而否定定點說，這是不能成立的。[6] 因爲本篇銘文存在諸多疑點，所以，據以爲論是沒有說服力的。李仲操在前舉文章中認爲，銘文在「計算八月既望日干支時，而誤用十月甲子作爲月首干支，故推出了既望丁丑。」並說：「如果不是這樣，則此鼎銘文的眞實性令人懷疑。」其說有一定的根據和啓發性。即以說者所舉致簋致鼎二器銘文曆日來否定初吉爲朔日、既望爲十四日之例來看，也能證明初吉確爲朔日，既望確爲十四日。現移錄於下，並略作分析。

致簋：「惟六月初吉乙酉，才堂師。」

致鼎：「惟九月既望乙丑，才堂師。」（注〔6〕第 179 頁）

我們以爲初吉是初一朔，則六月是乙酉（22）朔，設六月小，29 日，則七月是甲寅（51）朔；本年七月似也是小月，29 日，則八月是癸未（20）朔；八月也是小月，29 日，則九月是壬子（49）朔，則九月既望乙丑（2）正是十四日，本年六、七、八三個月都是小月。三個連小月或三個連大月在曆法上是存在的，翻開張表和董譜，只要稍一查看就可以看到。

所以，就靜方鼎銘文來說，其紀時的確如李仲操所說不合常例，存在令人懷疑的地方。而月相詞語紀時，的確是定點的，各指太陰月中固定而又明確之一日。具體來說，即：初吉指初一朔，既生霸指初九，既望指十四日，既死霸指二十三日，方死霸指二十四日。[7] 筆者曾研究過厲王時期的袁盤、晉侯穌編鐘、伯寬父盨、四十二年逨鼎乙、四十三年逨鼎辛，宣王時期的兮甲盤、虢季子白盤、不娶簋二、吳虎鼎等銘文裏的曆日，並且用公認爲比較科學可靠的張培瑜《中國先秦史曆表》和董作賓《西周年曆譜》和《中國年曆簡譜》進行驗證，結果顯示，筆者根據銘文所記曆日推算所得到的曆朔與張表、董譜一般完全相同或僅有一二日之差。而這一二日之差，在曆法上是客觀存在的。這一結果顯示，筆者研究所得的數據是比較準確的。由於以上所舉銘文裏的曆朔均已得到驗證，所以，它們成爲西周幾個重要而又明確的曆日支點。這也證明筆者對月相詞語的理解是完全正確的。[8]

參考文獻

〔1〕徐天進：《日本出光美術館收藏的靜方鼎》，《文物》1998 年第 5 期 86 頁。

〔2〕李仲操：《也談靜方鼎銘文》，《文博》2001 年第 3 期。

〔3〕夏商周斷代工程專家組：《夏商周斷代工程 1996～2000 年階段成果概要》，《文物》2000 年第 12 期。

〔4〕同〔2〕。

〔5〕葉正渤：《金文標準器銘文綜合研究》第 126 頁，線裝書局 2010 年 12 月版；葉正渤：《小臣靜簋銘文獻疑》，《南京師範大學學報》1997 年第 2 期，收錄在《商周青銅器銘文簡論》第 133 頁，中國礦業大學出版社 1998 年。

〔6〕杜勇、沈長雲：《金文斷代方法探微》第 203 頁，人民出版社 2002 年版。

〔7〕葉正渤：《〈逸周書〉與武王克商日程、年代研究》，《南京社會科學》2001 年第 8 期；《月相和西周金文月相詞語研究》，《考古與文物》2002 年第 3 期；《金文月相紀時法研究》，學苑出版社 2005 年版。

〔8〕葉正渤：《西周若干可靠的曆日支點》，《殷都學刊》2014 年第 1 期。

鮮簋銘文

　　鮮簋，又稱三十四祀盤，是無蓋雙耳簋。美國舊金山亞洲美術館博物館收藏，著錄於巴納和張光裕編《中日歐美澳紐所見所拓所摹金文匯編》中。器形侈口束頸，鼓腹圈足，獸首雙珥，下有垂珥，腹前後有扉棱。口沿下有浮雕獸首，腹飾垂冠回首夔龍紋，圈足飾目雷紋，間以四道扉棱。器內底鑄銘文 5 行 44 字。[1]

銘文

佳（唯）王卅又四祀，唯五月既望戊午，王在葊（旁）京，啻（禘）於珷（昭）王。①鮮稫歷，祼，王剩（賞）祼玉三品、貝廿（二十）朋。②對王休，用乍（作），③子孫其永寶。

考釋

① 唯王卅又四祀，唯五月既望戊午，既望是十四日，干支是戊午（55），則某王三十四年五月是乙巳（42）朔。祀，年也。《爾雅・釋天》：「夏曰歲，商曰祀，周曰年，唐虞曰載。」葊京，地名，或說即周都豐京，文王所建。啻，即帝字，典籍中通作禘。《說文》：「禘，諦祭也。」朱駿聲《說文通訓定聲》：「漢儒說禘有三」：一，郊禘之禘，即祭天，是王者之大祭；二，殷祭之禘，天子諸侯宗廟的大祭，五年舉行一次；三，時祭之禘，宗廟四時之祭之一。《禮記・王制》所謂「夏曰禘。」本銘時間為五月，應該為時祭之禘。珷，從王從邵，是西周初年昭王的專用字。禘祭的對象是昭王，則一般來說時王就應該是昭王之子穆王。

② 鮮，人名。稫歷，金文中的習用語，亦可以分用，郭沫若說有勉勵的意思。如《庚嬴卣》：「王蔑庚嬴歷」，是表揚功績的褒義詞。祼，《說文》：「灌祭也。」將酒倒灌在燔柴或地上的一種祭禮。《尚書・洛誥》：「王入太室祼」，孔穎達疏：「祼者，灌也。王以圭瓚酌鬱鬯之酒以獻尸，尸受祭而灌於地，固奠而不飲謂之祼。」剩，從孔章聲，字書所無，銘文中當讀為賞。王剩（賞）祼玉三品，王把祼祭所用的三品玉賞賜給鮮。三品，可能指三種品類的玉。朋，貝的數量單位，猶言二十串。參閱王國維《觀堂集林・釋珏朋》。

③ 對王休，金文中習見的套語，常作「對揚王（或天子）丕顯休」，或「對揚天子魯休」。休，有美好的賞賜義。用作，由作。作後省略了為誰作器及所作器物之名，與一般銘文的辭例甚是不類。

王世與曆朔

據銘文內容來看，「王在葊（旁）京，啻（禘）於珷（昭）王」，則本器應該鑄於穆王之世。傳世文獻說穆王在位有五十五年之久。今本《竹書紀年》：「（穆王）五十五年，王陟於祇宮。」《史記・周本紀》：「穆王立五十五年，崩。子共王緊扈立。」穆王元年始於何年？至今無定論。目前通行的說法定前976年為穆王元年，則穆王三十四年便是前943年。銘文「唯王卅又四祀，唯五月既望戊午」，既望是太陰月的十四日，干支是戊午（55），則穆王三十

四年五月是乙巳（42）朔。前943年五月，張表是癸酉（10）朔，董譜同，錯月是癸卯（40）朔，與銘文乙巳（42）朔含當日相差三日，近是。但僅憑一件器物所記曆日合曆與否尚不能完全確定穆王元年的具體年代，還需要更多的屬於穆王世的銘文所記曆日的驗證，因為朔日干支每過五年零一二個月或三十一年多些就會重複出現，天文學上又有93年的波動（大循環），即每過93年朔且冬至日的干支完全相同，所以月首干支有重複出現的可能。

筆者根據伯呂盨、三年衛盉、五祀衛鼎和九年衛鼎等器銘文所記曆日推得共王元年是前948年，再根據傳世文獻記載穆王在位五十五年推算，穆王元年是前1003年。穆王三十四年就是前970年。[2] 該年五月張表是己卯（16）朔，董譜同，己卯距乙巳（42）含當日相差二十七日，顯然不合曆。但是，結合銘文字跡內容和器形紋飾等要素來看，將三十四祀盤置於穆王世大抵上是不會錯的。

穆王在位的時間範圍大致是前920年至前1020年的百年範圍之內，所以，從前1020年向後查檢張表和董譜，發現符合五月乙巳（42）朔或近似者的年份與穆王世其他銅器銘文所記曆日皆不銜接。就是說，不能與其他銘文推出一個共有的某王元年，且本器之紀年和曆朔也不能安排進其他王世。據何幼琦的文章介紹，趙光賢推算了器銘的紀時後，認為不符舊說穆王34年的月、日，加以「此器來源不明，如係傳世之物，則不見於歷代著錄；如為近世出土，亦無出土地及流傳海外之跡。」因而不信其真。何幼琦對它的銘辭研究之後，確認這是一篇模擬周初語詞、字體的偽銘。[3]

筆者研究西周紀年銅器銘文的曆朔，發現確實有一些銘文所記曆日與相關王世的其他銘文所記曆日無法銜接得上，尤其是一些來路不明，或所謂的傳世品，銘文是描摹的更是如此，又如靜方鼎和說盤銘文等。疑其為偽，所以也略加考辨，以正視聽。

參考文獻

〔1〕王輝：《商周金文》第128頁，文物出版社2006年。

〔2〕葉正渤：《〈逸周書〉與武王克商日程、年代研究》，《南京社會科學》2001年第8期；《金文月相紀時法研究》第174頁，學苑出版社2005年；《金文標準器銘文綜合研究》第66頁，線裝書局2010年。

〔3〕何幼琦：《〈鮮盤〉銘辭辨偽》，《殷都學刊》1991年第4期。

說盤銘文

　　說盤銘文，載於〔清〕李光庭《吉金志存》卷三第 31 頁，無出土及流傳
情況介紹。銘文共 52 字，合文 1，重文 2。由於說盤銘文是一篇紀年銘文，
王年、月份、月相詞語和干支四者俱全，對西周年代學、曆法學的研究具有
特別重要的意義。同時，鑒於目前著錄金文的文獻如《殷周金文集成》等皆
未收錄本篇銘文，一般讀者很難看到，筆者根據劉啓益《西周紀年》一書提
供的線索，費盡周折才託人用數碼相機把銘文拓片照下來。本篇銘文又多稀
奇古怪字，語句不太通順，意義也不甚明瞭，暫考釋如下。並將銘文拓片附
於文末，以饗讀者。

銘文

　　隹（惟）十有（又）二（三）年正月初吉乙巳，𤔮（甥）叔𪟝自作
其盤。① 𪟝若曰：「不（丕）顯皇考允弔（叔），穆秉元明德，御於𢖏
（厥）用𡥝二匹。」② 辝（以）用𤞞（祈）眉壽萬年，子=孫=其永
寶。③

考釋

① 惟十有（又）二（三）年正月初吉乙巳，隹，讀作唯。有，讀作又。有下面
　所從的月，這種寫法在西周銅器銘文裏還很少見。二，細審銘文拓片，似是

三橫畫，可能是十有三年。正月之正，上有一短橫，頗似春秋戰國時的寫法，而與西周時期不同。初吉，月相詞語，指初一朔，干支是乙巳（42），則某王十二（三）年正月是乙巳朔。乙巳的乙，與西周金文的寫法不同。🔾，從生從男，田上還有三小豎，疑是甥字。叔，從字形來看，似弟字，根據銘文辭例應讀作叔。🔾，該字凡兩見，寫法略異，疑是鹿字，是某叔的人名，不見於其他銘文。其，凡兩見，上邊的二短橫當是描摹時左右兩豎筆的脫落，因與其字的正常寫法不同。

② 🔾，作器者人名，也即某叔之名，字書所無。若，這樣。丕，大；丕顯，大顯。西周銅器銘文裏多見，《尚書·康誥》：「惟乃丕顯考文王，克明德慎罰。」皇，大也，也是溢美之詞；考，亡父爲考。允叔，皇考之名。穆，敬也。秉，持也。元明德，也是讚美之辭，當是英明有盛德之意。元，上邊也有一短橫，亦似春秋時期的寫法。御於，御，祭也，下文未補出御的對象，句子不完整。🔾，讀作厥，同其。🔾，字書所無，在用字之後，應是名詞。二匹，是🔾的數量單位，二字合書。

③ 辝，辭本字，銘文似應讀作以，介詞，用也，表示目的。🔾，從㫃從斤，銘文中讀作祈求之祈。眉壽，長壽。眉，寫得不完整，本字是沐浴的沐，讀作眉。萬年，長久、永存。萬字與他器的寫法亦不盡相同。子=孫=，孫下缺一重文。其，推測語氣詞。永寶，永遠寶有。

王世與曆朔

劉啓益以爲該器是夷王時器。[1] 銘文「唯十又二（三）年正月初吉乙巳」，初吉是初一朔，干支是乙巳（42），則某王十二（三）年正月是乙巳朔。[2] 本文近推夷王元年是前893年，夷王在位十五年，則夷王十三年是前881年。該年正月張表是乙巳（42）朔，董譜同，完全合曆。所以，銘文當是「唯十又三年正月初吉乙巳」，而不是「唯十又二年正月初吉乙巳」。銘文所記曆日符合夷王十三年正月的曆朔，夷王元年是前893年。

據傳世文獻，西周自共和以前只有王世而無王年，所以，王年不確定，又只憑一件銅器銘文的干支與曆表相對照，即使相符，也不能因此確定結論的正確，至少應該根據一組銅器銘文的曆法信息相符才能初步確定，也即具有共有元年的性質方才可靠。

此外，本篇銘文在文字、字體、辭例諸多方面與西周其他銘文頗多不同，

筆者對該篇銘文的眞實性甚是懷疑。從字體風格方面來看，頗具西周金文的特徵。但某些文字的寫法和辭例等，卻又與西周一般銘文差異較大，有些語句甚至不通順。筆者曾就此請教過有關專家，告知可能是後世學人摹寫致誤。這種可能性是存在的，宋人和清人的著錄普遍存在摹寫失眞的現象。結合其他金文著錄亦未收錄此器，爲愼重起見，本文還是將其作爲僞銘來看待。

參考文獻

〔1〕劉啓益：《西周紀年》，第 356 頁，廣東教育出版社 2002 年 4 月版。

〔2〕葉正渤：《金文月相紀時法研究》，第 182、224 頁，學苑出版社，2005 年 12 月。

參考文獻

一、專 著

1. 中國社會科學院考古研究所編：《殷周金文集成》（修訂增補本），中華書局 2007 年。簡稱《集成補》。收器從宋——1988 年。

2. 吳鎮烽編著：《商周青銅器銘文暨圖象集成》，上海古籍出版社 2012 年。簡稱《圖象集成》。

3. 郭沫若：《兩周金文辭大系圖錄考釋》，上海書店出版社，1999 年。簡稱《大系》。

4. 鐘柏生、陳昭容、黃銘崇、袁國華編：《新收殷周青銅器銘文暨器影彙編》，臺北藝文印書館 2006 年。簡稱《彙編》。收器接《集成》——2005 年。

5. 劉雨、盧岩：《近出殷周金文集錄》，中華書局 2002 年。簡稱《集錄》。收器接《集成》——1999 年。

6. 吳其昌：《金文曆朔疏證》，《燕京學報》第 6 期，1929 年，1047～1128 頁；北京圖書館出版社 2004 年。

7. 陳夢家：《西周銅器斷代》，中華書局 2004 年。簡稱《斷代》。

8. 唐蘭：《西周青銅器銘文分代史徵》，中華書局 1986 年。簡稱《史徵》。

9. 馬承源主編：《商周青銅器銘文選》，文物出版社 1987 年。

10. 王世民、陳公柔、張長壽：《西周青銅器分期斷代研究》，文物出版社 1999 年。

11. 陳佩芬：《夏商周青銅器研究——上海博物館藏品》，上海古籍出版社 2009 年。

12. 朱鳳瀚：《古代中國青銅器》，南開大學出版社 1995 年。

13. 朱鳳瀚、王世民：《西周諸王年代研究》，貴州人民出版社 1998 年。

14. 彭裕商：《西周青銅器年代綜合研究》，巴蜀書社 2003 年。

15. 彭裕商：《春秋青銅器年代綜合研究》，中華書局 2011 年。

16. 王國維：《觀堂集林》，中華書局 1984 年。

17. 楊樹達：《積微居金文說》，中華書局 1997 年。

18. 《保利藏金》編輯委員會：《保利藏金──保利藝術博物館精品選》，廣州：嶺南美術出版社出版 1999 年。

19. 張培瑜：《中國先秦史曆表》，齊魯書社 1987 年。

20. 董作賓：《西周年曆譜》，《董作賓先生全集甲編》，臺北藝文印書館 1977 年。

21. 董作賓：《中國年曆簡譜》，臺北藝文印書館 1991 年。

22. 張汝舟：《二毋室古代天文曆法論叢》，浙江古籍出版社 1987 年。

23. 張聞玉：《西周王年論稿》，貴州人民出版社 1996 年。

24. 張聞玉、饒尚寬、王輝：《西周紀年研究》，貴州大學出版社 2010 年。

25. 馮時：《中國天文考古學》，中國社會科學出版社 2007 年。

26. 馮時：《出土古代天文學文獻研究》，臺灣書房 2008 年。

27. 劉師培：《周代吉金年月考》，《劉師培全集》，中共中央黨校出版社 1997 年。

28. 劉啓益：《西周紀年》，廣東教育出版社 2002 年。

29. 李仲操：《西周年代》，文物出版社 1991 年。

30. 何幼琦：《西周編年史復原》，湖北人民出版社 2003 年，《西周年代學論叢》，湖北人民出版社 1989 年。

31. 杜勇、沈長雲：《金文斷代方法探微》，人民出版社 2002 年。

32. 安徽省博物院編著／中科院考古研究所編輯：《壽縣蔡侯墓出土遺物》，科學出版社 1956 年。

33. 《汲冢周書》，《四部叢刊》本，上海商務印書館縮印江陰繆氏藝風堂明刊本。

34. 〔漢〕孔安國：《孔氏傳尚書》，《四部叢刊》本《尚書》，中華書局 1998 年。

35. 〔清〕朱駿聲撰、葉正渤點校：《尚書古注便讀》，花木蘭文化出版社 2013 年。

36. 司馬遷：《史記》，中華書局點校本，1985 年。

37. 陳奇猷：《呂氏春秋校釋》，學林出版社 1984 年。

38. 王先謙撰，沈嘯寰、王星賢點校：《荀子集解》，中華書局 1988 年。

39. 高亨：《周易古經注》，中華書局 1989 年。

40. 王國維：《竹書紀年輯校》，《王國維遺書》上海書店 1983 年。

41. 譚其驤主編：《中國歷史地圖集》第一卷，中國地圖出版社 1976 年。

42. 酈道元：《水經注・河水》卷五，中華書局 2007 年。

43. 上海師範大學古籍整理研究所校點：《國語》，上海古籍出版社 1998 年。

44. 楊伯峻譯注：《孟子譯注》，中華書局 2005 年。

45. 王充：《論衡》，上海人民出版社 1974 年。

46. 許慎：《說文解字》，中華書局 1983 年。

47. 段玉裁：《說文解字注》，上海古籍出版社 1984 年。

48. 葉正渤、李永延：《商周青銅器銘文簡論》，中國礦業大學出版社 1998 年。

49. 葉正渤：《金文月相紀時法研究》，學苑出版社 2005 年。

50. 葉正渤：《金文標準器銘文綜合研究》，線裝書局 2010 年。

51. 四川大學歷史文化學院：《紀念徐中舒先生誕生 110 週年學術研討會論文集》，巴蜀書社 2010 年。

52. 陝西師範大學、寶雞青銅器博物館主辦，夏麥陵編輯：《黃盛璋先生八秩華誕紀念文集》，中國教育文化出版社 2005 年。

二、部分論文和期刊

1. 郭沫若：《長安縣張家坡銅器群銘文匯釋》，《考古學報》1962 年第 1 期。

2. 郭沫若：《彌叔簋及詢簋考釋》，《文物》1960 年第 2 期。

3. 唐蘭：《陝西省岐山縣董家村新出西周重要銅器銘辭的譯文和考釋》，《文物》1976 年第 5 期。

4. 唐蘭：《西周銅器斷代中的「康宮」問題》，《考古學報》1962 年第 1 期，《古文字研究》第二輯。

5. 唐蘭：《略論西周微史家族窖藏銅器群的重要意義——陝西扶風新出牆盤銘文解釋》，《文物》1978 年第 3 期。

6. 朱鳳瀚：《士山盤初釋》，《中國歷史文物》2002 年第 1 期。

7. 朱鳳瀚：《師西鼎與師西簋》，《中國歷史文物》2004 年第 1 期。

8. 夏商周斷代工程專家組：《夏商周斷代工程 1996～2000 年階段成果概要》，《文物》2000 年第 12 期。

9. 倪德衛：《〈國語〉『武王伐紂』天象辨偽》，《古文字研究》第十二輯。

10. 張鈺哲、張培瑜：《殷周天象和征商年代》，《人文雜誌》1985 年第 5 期。

11. 張長壽：《論井叔銅器——1983～1986 年灃西發掘資料之二》，《文物》1990 年第 7 期。

12. 王冠英：《親剌簋考釋》，《中國歷史文物》2006 年第 3 期。

13. 張永山：《親簋作器者的年代》，《中國歷史文物》2006 年第 3 期。

14. 陝西省文物管理委員會：《陝西省永壽縣、武功縣出土西周銅器》，《文物》1964 年第 7 期。

15. 陝西省文管會：鎮烽、忠如、志儒，《陝西省岐山縣董家村西周銅器窖穴發掘簡報》，《文物》，1976 年 5 期。

16. 吳鎮烽、朱豔玲：《㝬簋考》，《考古與文物》2012 年第 3 期。

17. 王輝：《虎簋蓋銘座談紀要》，《考古與文物》1997 年第 3 期。

18. 王翰章、陳良和、李保林：《虎簋蓋銘簡釋》，《考古與文物》1997 年第 3 期。

19. 張光裕：《虎簋甲、乙蓋銘合校小記》，《古文字研究》第 24 輯，中華書局 2002 年。

20. 李學勤：《論虎盨二題》，《考古與文物》1997 年第 3 期。

21. 李學勤：《吳虎鼎考釋》，載《考古與文物》1998 年第 3 期，第 29 頁。

22. 李學勤：《古越閣所藏青銅兵器選粹》，《文物》1993 年第 4 期。

23. 李學勤：《論親盨的年代》，《中國歷史文物》2006 年第 3 期。

24. 彭裕商：《也論新出虎盨蓋的年代》，《文物》1999 年 06 期。

25. 羅西章：《宰獸盨銘略考》，《文物》1998 年第 8 期。

26. 張懋鎔：《宰獸盨王年試說》，《文博》2002 年第 1 期。

27. 祁健業：《岐山縣博物館近幾年征集的商周青銅器》，《考古與文物》1984 年第 5 期。

28. 段紹嘉：《陝西藍田縣出土彌叔等彝器簡介》，《文物》1960 年第 2 期。

29. 何琳儀：《說「盤」》，《中國歷史文物》2004 年第 5 期。

30. 史言：《扶風莊白大隊出土的一批西周銅器》，《文物》1972 年第 6 期。

31. 陝西周原考古隊：《陝西扶風莊白一號西周青銅器窖藏發掘簡報》，《文物》1978 年第 3 期。

32. 裘錫圭：《史牆盤銘解釋》，《文物》1978 年第 3 期。

33. 黃錫全：《士山盤銘文別議》，《中國歷史文物》2003 年第 2 期

34. 陳英傑《士山盤銘文再考釋》，《中國歷史文物》2004 年第 6 期。

35. 楊坤：《士山盤銘文正誼》，《中國歷史文物》2004 年第 6 期。

36. 曹發展、陳國英：《咸陽地區出土西周青銅器》，《考古與文物》1981 年第 1 期。

37. 唐雲明：《河北元氏縣西張村的西周遺址和墓葬》，《考古》1979 年第 1 期。

38. 王玉清：《岐山發現西周時代大鼎》，《文物》1959 年第 10 期。

39. 夏含夷：《此鼎銘文與西周晚期年代考》，轉引自朱鳳瀚、張榮明：《西周諸王年代研究》第 248 頁，貴州人民出版社 1998 年版。

40. 夏含夷：《上博新獲大祝追鼎對西周斷代研究的意義》，《文物》2003 年第 5 期。

41. 周增光：《發現番匊生鼎》，《文物春秋》2007 年第 6 期。據論文網。

42. 陳佩芬：《新獲兩周青銅器》，《上海博物館集刊》第八期第 133 頁，2000 年。

43. 文物編輯部：《晉侯蘇鐘筆談》，《文物》1997 年第 3 期。

44. 文物編輯部：《陝西眉縣出土窖藏青銅器筆談》，《文物》2003 年第 6 期。

45. 李仲操：《談晉侯蘇鐘所記地望及其年代》，《考古與文物》2000 年第 3 期第 28 頁。

46. 陝西周原考古隊：《陝西岐山鳳雛村西周青銅器窖藏簡報》，《文物》1979 年第 11 期。

47. 陝西省博物館：《陝西省博物館新近征集的幾件西周銅器》，《文物》1965 年第 7 期。

48. 《考古與文物》編輯部：《寶雞眉縣楊家村窖藏單氏家族青銅器群座談紀要》，《考古與文物》2003 年第 3 期。

49. 劉懷君：《眉縣出土一批西周窖藏青銅樂器》，《文博》1987 年第 2 期。

50. 趙永福：《陝西長安張家坡西周墓清理簡報》，《考古》1965 年第 9 期。

51. 陳邦懷：《克鎛簡介》，《文物》1972 年第 6 期。

52. 《上海博物館集刊》1982 年。

53. 穆曉軍：《陝西長安縣出土西周吳虎鼎》，《考古與文物》1998 年第 3 期。

54. 吳鎮烽、王東海：《王臣簋的出土與相關銅器的時代》，《文物》1980 年第 5 期。

55. 陝西省博物館、陝西省文物管理委員會：《扶風齊家村青銅器群》，《文物》1961 年第 5 期。

56. 徐天進：《日本出光美術館收藏的靜方鼎》，《文物》1998 年第 5 期。

57. 李仲操：《也談靜方鼎銘文》，《文博》2001 年第 3 期。

58. 安徽省文管會、安徽省博物館：《壽縣蔡侯墓出土遺物》，《考古學報》1956 年第 1 期。

59. 安徽百科網・壽縣蔡侯墓。

60. 楊桂梅：《蔡侯申尊》，中國國家博物館網站。

61. 孫華：《晉公戈年代小議》，《文物季刊》1997 年第 2 期。

62. 玉清：《臺北龔氏珍藏——西周晉公戈》，華聲論壇網（圖說歷史／國內）
http://bbs.voc.com.cn/forum-57-1.html。

63. 萬樹瀛：《滕縣後荊溝出土不 簋等青銅器群》，《文物》1981 年第 9 期。

64. 葉正渤：《〈逸周書〉與武王克商日程、年代研究》，《南京社會科學》2001 年第 8 期。

65. 葉正渤：《月相和西周金文月相詞語研究》，《考古與文物》2002 年第 3 期。

66. 葉正渤：《汲冢周書・克殷解・世俘解合校》，《古籍整理研究學刊》2010 年第 4 期。

67. 葉正渤：《屬王紀年銅器銘文及相關問題研究》，《古文字研究》第 26 輯，中華書局 2006 年。

68. 葉正渤：《從曆法的角度看逨鼎諸器及晉侯蘇鐘的時代》，《史學月刊》2007 年第 12 期。

69. 葉正渤：《亦談晉侯蘇編鐘銘文中的曆法關係及所屬時代》，《中原文物》2010 年第 5 期。

70. 葉正渤：《此鼎、此簋銘文曆朔研究》，《中國文字研究》第十六輯，2012 年。

71. 葉正渤：《西周共和行政與所謂共和器的考察》，《紀念徐中舒先生誕辰 110 週年學術研討會論文集》第 162 頁，巴蜀書社 2010 年。

72. 葉正渤：《亦談親簋銘文的曆日和所屬年代》，《中國歷史文物》2007 年第 4 期。

73. 葉正渤：《略論西周銘文的紀時方式》，《徐州師範大學學報》哲社版 2000 年第 3 期。

74. 葉正渤：《從原始數目字看數概念與空間方位的關係》，《南陽師範學院學報》2003

年第 5 期。

三、雜　誌

1. 《考古》、《文物》、《考古與文物》、《文博》、《故宮博物院院刊》、《中原文物》、《江漢考古》、《古文字研究》、《中國文字研究》等。

四、相關網站

1. 百度・百科、百度・圖片。
2. 中國硬筆書法在線。
3. 中華鑒寶網。
4. 中國國家博物館網站。
5. 中國期刊全文數據庫網站。
6. 中國知網・全文數據庫網站。
7. 漢典網站。
8. 復旦大學出土文獻與古文字研究中心網站。
9. 清華大學出土文獻研究與保護中心網站。
10. 安徽百科網。
11. 江蘇師範大學圖書館網站。

附　錄

本書作者古文字研究方面的學術論著、學術論文目錄

一、學術論著

1. 《商周青銅器銘文簡論》，合著，第一作者，中國礦業大學出版社 1998 年 3 月版，1999 年獲江蘇省政府社科優秀成果評選三等獎。

2. 《金文月相紀時法研究》，獨著，學苑出版社 2005 年 12 月版，2008 年獲江蘇省高校人文社會科學優秀成果評選二等獎。

3. 《葉玉森甲骨學論著整理與研究》，獨著，線裝書局 2008 年 10 月版。2011 年獲江蘇省政府社科優秀成果評選二等獎。

4. 《金文標準器銘文綜合研究》，獨著，線裝書局 2010 年 10 月版。2012 年獲江蘇省高校社科成果評選三等獎。

5. 《金文四要素銘文考釋與研究》，獨著，臺灣・新北市花木蘭文化出版社 2015 年。

二、已發表的學術論文

1997 年

《小臣靜簋銘文獻疑》，《南京師範大學學報》1997 年第 2 期。

《說「X」》，《淮陰師專學報》1997 年第 3 期。

1999 年

《「歸福」本義考源》，《辭書研究》1999 年第 5 期。

2000 年

《略論西周銘文的記時方式》，《徐州師範大學學報》2000 年第 3 期。

2001 年

《略析金文中的「月」》,《徐州師範大學學報》2001 年第 2 期。

《我方鼎銘文新釋》,《故宮博物院院刊》2001 年第 3 期。

《弋其卣三器銘文與晚殷曆法研究》,《故宮博物院院刊》2001 年第 6 期。

《從甲骨金文看漢民族時空觀念的形成》,《語言研究》2001 年增刊。

2002 年

《月相和西周金文月相詞語研究》,《考古與文物》2002 年第 3 期。

《犀簋銘文研究》,中華書局《古文字研究》第 24 輯 2002 年 7 月。

《西周金文月相詞語與靜簋銘文的釋讀研究》,《文博》2002 年第 4 期。

2003 年

《從原始數目字看數概念與空間方位的關係》,《南陽師範學院學報》2003 年第 5 期。

2004 年

《卜辭「來艱」研究》,《殷都學刊》2004 年第 1 期。

《關於「亞」字符號的文化解析》,《東南大學學報》2004 年第 4 期。

《關於幾片甲骨刻辭的釋讀》,《古文字研究》第 25 輯,2004 年 10 月。

《20 世紀以來西周金文月相問題研究綜述》,《徐州師範大學學報》2004 年第 5 期。

2005 年

《〈殷虛書契前編集釋〉研究》,中國文字學會、河北大學《漢字研究》第一輯。

《造磬銘文研究》,中國文字學會、華東師大《中國文字研究》第 6 輯 2005 年。

《甲骨文否定詞研究》,《殷都學刊》2005 年第 4 期。

《釋足(正)與㘯(圍)》,《考古與文物》增刊《古文字論集(三)》,2005 年。

2006 年

《厲王紀年銅器銘文及相關問題研究》,《古文字研究》第 26 輯,2006 年 10 月。

《西周標準器銘文疏證(一)》,《中國文字研究》第 7 輯,2006 年。

《葉玉森古文字考釋方式淺論》,《江蘇大學學報》2006 年第 3 期。

2007 年

《亦談覭簋銘文的曆日和所屬年代》,《中國歷史文物》2007 年第 4 期。

《毓祖丁卣銘文與古代「歸福」禮》,《古籍整理研究學刊》2007 年第 6 期。

《從曆法的角度看速鼎諸器及晉侯穌鐘的時代》,《史學月刊》2007 年第 12 期。

2008 年

《葉玉森與甲骨文研究》,《鎮江高專學報》2008 年第 2 期。

《西周標準器銘文疏證(二)》,《中國文字研究》第 11 輯,2008 年。

《宣王紀年銅器銘文及相關問題研究》,《古文字研究》第 27 輯,中華書局 2008 年。

2010 年

《周公攝政與相關銅器銘文》,《古文字研究》第 28 輯,中華書局 2010 年。

《西周紀年考》,〔日〕吉本通雅著,葉正渤摘譯,《遼東學院學報》2010 年第 2 期。

《亦談晉侯穌編鐘銘文中的曆法關係及所屬時代》,《中原文物》2010 年第 5 期。

《共和行政及若干銅器銘文的考察》,《紀念徐中舒先生誕辰 110 週年紀念文集》,2010 年。

2011 年

《西周標準器銘文書證(三)》,《中國文字研究》第 14 輯,2011 年 3 月。

《亦談伯殲父簋銘文的時代》,《長江文明》第 7 輯,2011 年 6 月。

《穆王時期重要紀年銘文曆朔考(一)》,《中國文字研究》第 15 輯,2011 年 12 月。

《頁方彝銘文獻疑》,《考古與文物》2011 年第 4 期。

2012 年

《伯殲父簋銘文試釋》,《考古與文物》2012 年第 3 期。

《釋𢦏(殲)》,《古文字研究》第 29 輯,2012 年 10 月。

《逨鼎銘文曆法解疑》,《鹽城師範學院學報》2012 年第 6 期。

2013 年

《晉公戈銘文曆朔研究》,《殷都學刊》2013 年第 1 期。

《此鼎、此簋銘文曆朔研究》,《中國文字研究》第 17 輯 2013 年 3 月。

《蔡侯盤、蔡侯尊銘文曆朔與時代考》,《中原文物》2013 年第 5 期。

2014 年

《西周若干可靠的曆日支點》,《殷都學刊》2014 年第 1 期。

《〈殷墟書契後編〉所見象刑字淺析》,《古文字研究》第 30 輯,2014 年 10 月。